Deseo®

La promesa del amor

Kristi Gold

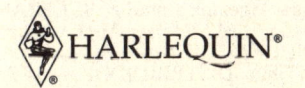

HARLEQUIN®

Editado por HARLEQUIN IBÉRICA, S.A.
Hermosilla, 21
28001 Madrid

© 2004 Kristi Goldberg. Todos los derechos reservados.
LA PROMESA DEL AMOR, Nº 1418 - 2.11.05
Título original: Unmasking the Maverick Prince
Publicada originalmente por Silhouette® Books

Todos los derechos están reservados incluidos los de reproducción,
total o parcial. Esta edición ha sido publicada con permiso de
Harlequin Enterprises II BV.
Todos los personajes de este libro son ficticios. Cualquier parecido
con alguna persona, viva o muerta, es pura coincidencia.
® Harlequin, Harlequin Deseo y logotipo Harlequin son marcas
registradas por Harlequin Books S.A
® y ™ son marcas registradas por Harlequin Enterprises Limited y
sus filiales, utilizadas con licencia. Las marcas que lleven ® están
registradas en la Oficina Española de Patentes y Marcas y en otros
países.

I.S.B.N.: 84-671-3180-2
Depósito legal: B-37553-2005
Editor responsable: Luis Pugni
Composición: M.T. Color & Diseño, S.L.
C/. Colquide, 6 portal 2 - 3º H, 28230 Las Rozas (Madrid)
Fotomecánica: PREIMPRESIÓN 2000
C/. Algorta, 33. 28019 Madrid
Impresión y encuadernación: LITOGRAFÍA ROSÉS, S.A.
C/. Energía, 11. 08850 Gavá (Barcelona)
Fecha impresion para Argentina: 2.8.06
Distribuidor exclusivo para España: LOGISTA
Distribuidor para México: CODIPLYRSA
Distribuidores para Argentina: interior, BERTRAN, S.A.C. Vélez
Sársfield, 1950. Cap. Fed./ Buenos Aires y Gran Buenos Aires,
VACCARO SÁNCHEZ y Cía, S.A.
Distribuidor para Chile: DISTRIBUIDORA ALFA, S.A.

Prólogo

Al día siguiente Mitchell Edward Warner III pensaba salir de una vez por todas de Harvard y regresar al rancho de Oklahoma donde había pasado todos los veranos desde que nació. Allí fue donde aprendió a montar a caballo, donde empezó a utilizar el lazo con animales sin romperse demasiados huesos, y donde a los quince años mantuvo su primera relación sexual con una joven de la zona, junto al arroyo que cruzaba el rancho, con la adrenalina y las hormonas disparadas y la excitación que añadía el peligro de ser sorprendido in fraganti. A los dieciocho años, era un experto en las tres cosas.

Lo que nunca se le dio bien fue ser lo que su padre quería que fuera, el heredero de una poderosa dinastía política de cuatro generaciones de antigüedad. Por eso, y en contra de la tradición familiar, decidió estudiar Ciencias Económicas en Harvard en lugar de Derecho en Texas, y por eso se negó a entrar en el mundo de la política donde tanto su padre como la traición eran sus máximos exponentes.

Los gritos y aullidos que llegaban desde el exterior le recordaron que todavía no era del todo libre. Pero en lugar de unirse a las celebraciones de fin de carrera, Mitch prefirió recluirse con sus dos amigos, Marc DeLoira y Dharr Halim, en el apartamento que compartían los tres. El lujoso apartamento no era lo único que tenían en común: los tres jóvenes estudiantes detestaban la atención de los medios de comunicación, de la que no podían zafarse debido a sus contactos familiares. Como hijos de reyes y senadores les resultaba prácticamente imposible permanecer en el anonimato.

Mientras afuera continuaba la fiesta, Mitch alzó la copa de champán.

—Ya hemos brindado por nuestro éxito. Ahora sugiero que brindemos por una larga y feliz soltería.

Dharr alzó su copa.

—Brindo por eso.

Marc titubeó unos segundos con la copa en la mano.

—Por que sigamos solteros dentro de diez años —brindó, alzando la copa y sonriendo—. Y quien no siga soltero entonces, deberá entregar su posesión más preciada.

Mitch sólo pudo pensar en una cosa, algo que valoraba más que cualquiera de sus innumerables objetos materiales, que eran muchísimos.

—¿Mi caballo? Eso sería muy doloroso.

Dharr tampoco parecía muy entusiasmado con la idea.

—Supongo que tendría que ser mi Modigliani —dijo, contemplando el cuadro de la mujer desnuda que colgaba en la pared, sobre la cabeza de Mitch—, y debo confesar que regalarlo también a mí me resultaría muy doloroso.

—Por eso tiene que ser así, caballeros —dijo Marc—. La apuesta no significaría nada de no jugarnos algo importante.

—Muy bien, DeLoria, ¿qué apuestas tú?

—Mi Corvette.

Era un coche legendario, y a Mitch le costó creer que Marc estuviera dispuesto a separarse de él.

–¿Serías capaz?

–Por supuesto que no. No pienso perder la apuesta.

–Ni yo tampoco –aseguró Dharr–. Diez años es un tiempo prudencial antes de que me obliguen a contraer matrimonio para producir un heredero al trono.

–Yo tampoco la perderé –dijo Mitch–. No pienso casarme ni loco.

–Entonces, ¿trato hecho? –preguntó Dharr, alzando su copa.

Mitch brindó con él.

–Trato hecho.

Marc hizo lo mismo.

–Que empiece la apuesta.

Mitch sonrió, por primera vez en días. Compañeros hasta el final.

Pero en el fondo estaba convencido de que él ganaría a los otros dos. A Marc le gustaban demasiado las mujeres como para no dejarse atrapar. A Dharr no le quedaría más remedio que ceder a las presiones de su padre y casarse con la mujer que le eligieran. Sin embargo, Mitch no tenía presiones y sólo tenía que seguir con su vida.

Pensó que la prensa acabaría cansándose de perseguirlo si no les daba motivos para hablar de él. Su intención era perderse en el mundo real, en una ciudad pequeña de Oklahoma, donde se desharía de todos sus trajes, usaría sólo vaqueros y camisetas, y pasaría las veladas en los bares de la zona, donde las mujeres no esperaban más que unos cuantos bailes al ritmo de la música country y acaso un buen rato después del cierre.

Y con un poco de suerte, lograría que lo dejaran en paz de una vez para vivir su vida como él deseaba, pudiendo entrar y salir de cualquier sitio sin que nadie lo reconociera.

Capítulo Uno

Nueve años después.

Cuando Mitch entró por la puerta con todo el aplomo y el carisma de un mito legendario, a Victoria Barnett casi se le cae el vaso de plástico de *chardonnay* barato encima.

Los vaqueros que le ceñían la cadera estaban desgastados en lugares difíciles de ignorar; la camisa vaquera con las mangas remangadas dejaba al descubierto unos antebrazos morenos y musculosos, cubiertos de una suave capa de vello oscuro; y el sombrero calado casi hasta las cejas le daba el aspecto de un cowboy cualquiera, un hombre acostumbrado al trabajo duro, cargado de testosterona, que buscaba un poco de diversión para el viernes por la noche, preferiblemente entre las sábanas.

Pero él no era un vaquero cualquiera. Era el hijo predilecto de Quail Run, lo más parecido a la familia real estadounidense, y con un poco de suerte la oportunidad de un ascenso y un aumento de salario para Tori.

Como periodista que era, reaccionó con entusiasmo ante la posibilidad de obtener la exclusiva de la década. Como mujer reaccionó con calor a los ojos de un azul casi transparente que recorrían con recelo los rostros de los presentes, mientras él se abría paso en el bar abarrotado de gente.

Unos pocos hombres lo saludaron con normalidad, poniendo de manifiesto que su presencia en aquel tugurio polvoriento era algo normal.

–Hola, Mitch.

Algunas mujeres lo miraron como si fuera la respuesta a sus sueños más salvajes.

Tori no podía imaginar por qué un hombre como él frecuentaba el Sadler´s Bar and Grill, el típico bar de vaqueros y mozos del oeste medio estadounidense, ni por qué había decidido vivir en una pequeña ciudad olvidada del sur de Oklahoma. De no ser por la próxima boda de su mejor amiga, Tori no hubiera regresado jamás a Quail Run, el lugar donde pasó su infancia y adolescencia en una destartalada y vieja casucha, donde hasta el aire era de segunda mano.

Pero por primera vez en dos días, se alegraba de haber vuelto. Y si seguía teniendo suerte, Mitch Warner le proporcionaría exactamente lo que ella necesitaba.

–Venga, Tori, anímate –insistió una vez más su amiga Stella Moore, señalando con la cabeza hacia Carl, el gordo y barbudo discjockey que estaba preparando en esos momentos el karaoke–. Tenías la mejor voz del coro del instituto. Lúcete un poco.

Un suave rubor cubrió las mejillas de Tori.

–Eso no es decir mucho, teniendo en cuenta que sólo éramos diez –dijo, retorciendo con el dedo un mechón de pelo con gesto nervioso, una costumbre que tenía desde los tres años.

O al menos eso aseguraba su madre, cuando todavía recordaba las fechas importantes de la vida de su hija, antes de olvidarse incluso de su nombre. Cuando su madre todavía vivía.

–No te hagas de rogar –dijo su otra amiga, Janie–. Además, te servirá de ensayo. No olvides que mañana por la tarde tienes que cantar en la boda.

–Hace mucho que no canto en público.

Brianne McIntyre regresó a la mesa, completando el cuarteto de «Las Cuatro Invencibles», como se habían apodado en su juventud. Brianne era otra de las hijas pródigas que apenas volvía a su ciudad natal más que para alguna que otra boda o funeral. En la actualidad, residía en Houston donde estudiaba enfermería.

Las tres amigas intercambiaron sonrisas de complicidad, y Tori se dio cuenta de que estaban tramando algo.

–No miréis, chicas –dijo Janie, echándose ligeramente hacia delante–, pero Mitch Warner está sentado en una mesa al otro lado de la pista de baile.

Tori no se atrevió a mirar otra vez.

–Lo sé, lo he visto entrar.

–Oh, cielos. ¡Qué no le haría a ese hombre si tuviera la oportunidad! Está más bueno que un helado de frambuesa en el desierto.

–No está mal –comentó Tori.

–¿Qué no está mal? Está como un pan. Y la semana pasada, Bobby me dijo que ha cortado con Mary Alice Marshall. Ella se va a casar con Brady, el banquero.

Brianne arrugó la nariz cubierta de pecas.

–Aún no puedo creer que haya salido con ella. Todo el mundo sabe que Mary Alice se ha acostado con todos los vaqueros de menos de treinta años de esta ciudad.

Los tres que hay, pensó Tori para sus adentros.

–Son sólo rumores –dijo Stella–. En los sitios pequeños como éste, la gente habla demasiado y no siempre dice la verdad.

Tori sabía que su amiga tenía razón, por experiencia propia. Lo mismo habían dicho muchas veces de su propia madre.

–Por lo que dicen las malas lenguas, Mitch y Mary Alice se acostaron por primera vez un verano hace quince años –susurró Janie, en tono de conspiración–. Y han estado saliendo y cortando desde que él volvió a vivir aquí.

Tori había escuchado aquellos rumores cuando todavía vivía en Quail Run, pero entonces era demasiado joven y nunca le habían interesado. Cinco años mayor que ella, Mitch Warner era el chico rico y enigmático que sólo volvía en verano, y al que ella sólo había visto un par de veces mientras iba en bicicleta al rancho de su abuelo materno. En aquella época, la limusina que llevaba al joven heredero le resultaba mucho más fascinante que él.

Además, los chicos como él nunca le habían llamado la atención. Tori Barnett vivía al otro lado de la línea que separaba sus respectivas clases sociales y siempre había preferido concentrarse en sus estudios. Por eso, se graduó en el instituto con Matrícula de Honor, trabajó a tiempo parcial para poder pagarse la universidad, y en la actualidad luchaba por hacerse un hueco en la revista de mujeres de Dallas en la que trabajaba como periodista.

Una entrevista con el hijo recluido de un conocidísimo senador estadounidense podría disparar su carrera profesional y proporcionarle un dinero que necesitaba. Incluso podría pagar las facturas del hospital donde estuvo ingresada su madre hasta su muerte.

–¿Estás ahí, Victoria?

Tori parpadeó y miró a Janie, haciendo un esfuerzo por volver a la realidad.

–Estaba pensando.

–¿En Mitch Warner? –preguntó Brianne con una pícara sonrisa.

–En trabajo.

–Deja de pensar en el trabajo y disfruta un poco –dijo Stella, frotándose la barriga que se adivinaba bajo la ropa–. Como yo, aunque ahora no puedo beber.

En ese momento la voz del discjockey resonó por todo el bar.

–Nuestra primera cantante de esta noche es Tori Barnett, una joven nacida en esta maravillosa ciudad, así que recibámosla con un fuerte aplauso.

Tori dirigió una mirada fulminante a sus amigas y no se molestó en moverse cuando el discjockey repitió su nombre otra vez.

–Venga, levántate y ve –insistió Janie.

–¡Tori, Tori, Tori! –corearon algunos clientes, para animarla.

Tori no tenía ninguna intención de ponerse en ridículo delante de sus amigas, y mucho menos con Mitch Warner entre el público. Eso no le ayudaría en absoluto a conseguir su objetivo. Pero no se había olvidado de cantar, así que cuando el público continuó insistiendo decidió subir al escenario y terminar cuanto antes.

Pero el peor momento llegó cuando subió al escenario, se colocó detrás del micrófono y se dio cuenta de que se le había quedado la mente en blanco.

Se sabía la canción de Patsy Cline de memoria, pero aquella situación podía convertirse en una pesadilla, no en un dulce sueño como decía la canción, si no era capaz de recordar la letra que se le había quedado atragantada en la garganta. Y todo porque Mitch Warner, recostándose indolentemente en la silla, con una cerveza en la mano y sin sombrero, eligió aquel momento para sonreírle.

Tori se sintió desnuda bajo sus ojos, totalmente expuesta, y pensó que si no era capaz de cantar delante de él nunca tendría el valor de pedirle una entrevista.

Eso la hizo cerrar los ojos y abrir la boca para cantar en público por primera vez en años. Aunque por un momento creyó haber olvidado la letra, jamás olvidaría la sonrisa perfecta del cowboy de Harvard.

Mitch Warner jamás había visto a un ángel enfundado en cuero negro.

Ésa era exactamente su voz, la de aquella mujer llamada Tori, una voz de ángel. Pero su cuerpo era un pasaporte al pecado, y no fue la voz lo que le hizo imaginarla desnuda bajo su cuerpo, con las largas piernas alrededor de su cintura, la sedosa melena castaña acariciándole el pecho y los cuerpos unidos en un lento y placentero ascenso al séptimo cielo. Y mientras recorría con sus ojos los ceñidos pantalones que marcaban las caderas femeninas y el pecho que se alzaba bajo el suéter rojo y de cuello alto con cada respiración, Mitch se enzarzó en una batalla con cierta parte de su anatomía que no estaba seguro de poder ganar.

Al entrar en el bar, su única intención era encontrar a su capataz, que llevaba veinticuatro horas celebrando el final de su soltería y debía de estar bastante borracho. A Mitch no le interesaban los bares ni las multitudes. Nunca podía saber con certeza que no hubiera un periodista al acecho, con la esperanza de sorprenderlo haciendo algo que pudiera resultar del «interés» de los lectores.

Por ese motivo, no le gustaba hablar con desconocidos.

Pero aquella noche... aquella noche haría una excepción con aquella desconocida llamada Tori. Bobby encontraría a alguien que lo llevará, porque él quería conocer a la mujer responsable del estado actual de sus pantalones.

Cuando ella terminó de cantar y bajó del escenario, Mitch esperó a que terminaran dos cantantes más, o mejor dicho, dos borrachos que más que cantar berreaban. La lenta balada de amor que sonó en la sinfonola le proporcionó la oportunidad para conseguir que Tori le sacara brillo a la hebilla del cinturón.

Maldita sea, mejor dejaba de pensar en eso. Si no, tendría que seguir sentado hasta que cerraran el bar.

Después de terminar la cerveza, Mitch se colocó el sombrero, se levantó y se acercó a la mesa donde estaba la prometida de su capataz, Stella, con dos mujeres a las que él no conocía, ni tampoco deseaba conocer. Todo su interés estaba centrado en el ángel que tenía su mirada fija en el vaso de plástico vacío que llevaba en la mano.

–Hola, Mitch –dijo Stella–. Te creía en el rancho de Greers emborrachándote con Bobby.

–No tengo tiempo para eso –respondió Mitch, con los ojos fijos en Tori, que aún no lo había mirado–. Tenemos que mover el ganado hacia el sur antes de que llegue el frío de verdad –explicó con amabilidad, aunque lo único que deseaba era rodear a la mujer de cabellos castaños con los brazos y comprobar si su cuerpo era tan maravilloso como parecía–. ¿Quieres bailar, Tori?

Tori se quedó mirando la mano que él le ofrecía, como si le hubieran salido garras.

–Hace mucho que no bailo.

–También hacía mucho que no cantabas –le espetó Stella con el desparpajo que la caracterizaba–. Dudo que lo hayas olvidado. Aunque estoy segura de que si lo has olvidado, Mitch estará encantado de enseñarte, ¿verdad, Mitch?

–Por supuesto.

Mitch estaría encantado de enseñarle muchos bailes, pero la ley no permitía ninguno de ellos en público. Ahora lo primero era lo primero, y en ese momento su prioridad era alejar a Tori de la mesa y llevarla a la pista de baile.

Por fin ella se levantó, pero no le tomó la mano. Lo siguió al centro de la pista, y allí él se volvió a mirarla, le tomó una mano con la suya y le rodeó los hombros con el otro brazo. Ella metió los dedos de la mano libre en una tira de la cintura de los vaqueros, como si temiera tocarlo, y se mantuvo separada de él.

Tori bailaba mejor que muchas de las mujeres que había tenido en sus brazos, y él imaginó que sus habilidades irían mucho más allá. Pero eso era lo único que pudo hacer, imaginar, ya que ella continuaba manteniendo una prudente distancia entre los dos.

–Me llamó Mitch –dijo él.

–Sé quién eres.

Aunque él hubiera deseado que no lo supiera, no debería sorprenderlo. Su fama le había seguido hasta Oklahoma, aunque el interés de los medios de comunicación se había ido desvaneciendo en los últimos años. Claro que eso podía cambiar en cualquier momento, sobre todo si los rumores de la posible retirada de la política de su padre eran ciertos. Entonces todo empezaría de nuevo, y con ello la especulación sobre si Mitch ocuparía el lugar del senador haciéndose cargo de las riendas políticas de la dinastía Warner. Pero las únicas riendas que a Mitch le interesaban eran las que iban unidas a un caballo.

Decidió concentrarse en algo más agradable, como la mujer de grandes ojos castaños que tenía entre los brazos.

–¿Cuánto hace que vives en Quail Run?
–No vivo aquí.

Mitch sintió una punzada de decepción.

–Pero el tipo del karaoke ha dicho que...
–Crecí aquí, sí, pero me fui hace diez años. Cuando terminé el instituto fui a Norman, a la universidad.

Más o menos cuando Mitch regresó de Harvard.

–¿Y qué te trae de nuevo por aquí?

Tori bajó los ojos.

–La boda de Stella. Soy una de las damas de honor.

Al menos tenían algo en común.

–¿Ah, sí? Yo soy el padrino de Bobby –explicó Mitch–. Stella quería que fuera su hermano, pero Bobby se decantó por mí.

–No se lo reprocho –comentó Tori–. Si yo tuviera que elegir entre Clint Moore y tú, también te elegiría a ti.

–¿Tienes algo en contra de Clint?
–Tengo algo en contra de los tíos que no saben controlar las manos en el cine.

Mitch se preguntó si aquella norma también era aplicable a tíos en la pista de baile. Al menos no podía decir que no estaba sobre aviso.

–¿Saliste con Clint Moore?
–Mejor dicho lo esquivé. Baso mi opinión en rumores, y probablemente esté siendo muy in-

justa. Seguramente Clint es un buen tipo, debajo de esa pinta de playboy barato.

Mitch soltó una carcajada, echando la cabeza hacia atrás.

—¿Ahora sales con alguien? —preguntó él, cuando terminó de reír.

«Bravo, Mitch. Viva la diplomacia», se dijo para sus adentros.

Ella se encogió de hombros

—No tengo tiempo para eso.

La respuesta le gustó. Al menos no había nada que le impidiera volver a verla durante su estancia en la ciudad, si ella quería, claro.

—¿A qué dedicas tu tiempo?
—Principalmente a trabajar.
—¿A qué te dedicas? ¿A cantar?
—No.
—¿Entonces a qué?

Tori apartó la mirada y suspiró.

—En este momento no me apetece hablar de trabajo. Estoy tratando de olvidarlo. Además, sólo te aburriría.

Mitch dudaba que pudiera aburrirse contemplando sus labios y escuchando el sonido de su voz.

—¿De qué quieres hablar?

Tori le dirigió una sonrisa cargada de energía.

—Háblame de ti. Me gustaría saber qué tal es trabajar en un rancho de caballos.

Al menos no le había preguntado qué tal era ser el hijo de un famoso político. Mitch lo hubiera descrito con tres palabras: un auténtico infierno.

La balada se interrumpió y empezó la sesión de karaoke de nuevo. Frustrado, Mitch llevó a Tori a una mesa en un rincón cerca de la pista para continuar hablando.

El ruido del bar pareció desvanecerse, mientras ellos hablaban de sus pasatiempos favoritos. Ella le contó que le encantaban los caballos, y él le habló de su valioso caballo, Ray. Ella le preguntó por su abuelo, y él agradeció en silencio que no preguntara por su padre. A él le gustó el sonido de su risa cada vez que le contaba algo gracioso, o cómo se retorcía un mechón de pelo mientras describía su desprecio por el tráfico de Dallas y los problemas de vivir en una gran ciudad. Y de repente se dio cuenta de que se había abierto más con ella en una hora que con nadie en toda una vida. Al menos, en aquellos aspectos de su vida que consideraba muy personales.

Después de un rato, Mitch se sentó junto a ella para oírla mejor, o al menos eso le dijo, cuando en realidad el bar estaba mucho más tranquilo ahora que había terminado el karaoke. Lo cierto era que quería estar más cerca de ella. No le costaba nada oír sus palabras, lo que le estaba costando de modo infernal era no tocarla.

Cuando una balada lenta sonó en la sinfonola, Tori suspiró y le sonrió.

—Me encanta esta canción.

A Mitch le encantó el brillo de placer en los ojos oscuros de Tori, y pensó que tendrían el mismo brillo con otro tipo de placer. Y que a él le encantaría verlo.

—¿Quieres bailar otra vez?
—Vale.

Esta vez Tori no titubeó en levantarse ni tomar la mano que él le ofrecía. Tampoco se molestó en mantener la distancia, sino que le rodeó la espalda con el brazo y apoyó la cabeza en su pecho.

Tori no debía medir más de un metro sesenta y cinco de estatura, por lo que, junto al metro noventa de él, su cabeza encajaba perfectamente en el hueco de la garganta. Su melena olía a flores, a pesar del humo que llenaba el bar. Y su cuerpo, apretado contra el de Mitch, disparó una nueva oleada de deseo en él.

Mitch deslizó la mano por su espalda, pero no se atrevió a bajar más allá de la cintura, pensando en el comentario sobre Clint Moore. Además, ya no era un adolescente. Hacía tiempo que había aprendido a satisfacer a una mujer, y también a leer las señales que enviaban. De momento, el lenguaje corporal de Tori le dijo que ella se sentía cómoda sólo con bailar.

Pero eso sólo duró dos canciones más. Cuando empezó la tercera balada, la primera en una serie de melodías que hablaban de amores apasionados entre sábanas desbaratadas, la situación entre ambos empezó a caldearse. Mitch lo sintió en la forma en que el cuerpo femenino se disolvía en el suyo, y lo supo cuando, al acariciarle la cadera con la mano, ella no protestó.

Pronto abandonaron el estilo de baile tradicional y pegaron sus cuerpos rodeándose mutuamente con los brazos. Estaban en contacto físico de la cabeza a los pies, muslos con muslos, pelvis con pelvis, mientras cada uno recorría con las manos la espalda del otro, encendiendo aún más el fuego de la pasión.

Mitch la soltó sólo un momento para quitarse la camisa vaquera y el sombrero, y quedarse sólo en una camiseta de manga corta blanca. Tori hizo lo mismo, y se quitó la cazadora negra de piel. Bajo ella, llevaba un suéter rojo de cuello alto sin mangas que se ceñía perfectamente a su cuerpo.

Dejaron las prendas amontonadas en la mesa, y Mitch se imaginó quitándole el resto de la ropa y llevándola a la cama a terminar con aquella dulce tortura. Allí podría acariciarla con las manos, saborearla con la boca, satisfacer la insoportable presión que sentía entre las piernas.

Con menos ropa volvieron a abrazarse, pero esta vez se quedaron casi en el mismo sitio, en una esquina alejada del resto de las parejas que bailaban en la pista. Mitch enterró la cara en el cuello femenino, y saboreó el lóbulo de la oreja con la punta de la lengua. Ella respondió con un gemido suave de placer que lo volvió loco. Él se acercó las nalgas femeninas con las palmas, hasta que sus cuerpos quedaron prácticamente pegados de cintura para abajo. Si Tori, con su dulce y sexy sonrisa, su voz de ángel y su cuerpo de ensueño no se había dado cuenta de lo mucho que el baile estaba afectando a Mitch, ahora ya no podía ignorar su estado de excitación. Ni él tampoco, aunque lo más prudente sería que lo intentara, se dijo.

¡Cómo deseaba besarla!, pensó, pero no quiso arriesgarse. Si se precipitaba, la ahuyentaría y él no lo soportaría. En primer lugar porque, teniendo en cuenta que estaba duro como una herradura y que ella era quien ocultaba ese hecho del resto de los presentes, quedaría en ridículo, y además no quería perder la oportunidad de saborear la boca y los labios femeninos definitivamente.

Con la esperanza de que alguien pusiera una canción rápida, miró hacia la sinfonola, y encontró a Stella y sus amigas echando monedas como si fuera el fin del mundo. Entonces se dio cuenta de que ellas eran las responsables de la serie interminable de canciones apasionadas que habían estado sonando.

Tori alzó la cabeza, y apoyó los labios cálidos en

su cuello. Mitch dejó de luchar y la llevó sin dejar de bailar hacia el rincón más en penumbra del bar, apenas iluminado por un anuncio intermitente de cerveza. Allí la llevó contra la pared, apoyó una mano sobre su cabeza y la otra en la cadera y, apretándose contra ella de cintura para abajo, la besó en la frente.

–Mitch, esto es una locura –susurró ella casi sin aliento.

–Lo sé. Una auténtica locura –dijo él, depositando un reguero de besos en la mandíbula femenina.

–No deberíamos hacer esto –dijo ella, girando ligeramente la cabeza, dándole mejor acceso al cuello.

–No, seguramente no –dijo él, apretándose una vez más contra ella, haciéndole saber que su cuerpo no estaba en absoluto de acuerdo.

–Mitch –murmuró ella, mientras él seguía besándole la garganta.

Él alzó la cabeza y le enmarcó la cara con una mano, acariciándole el labio inferior con el pulgar.

–¿Sí?

–Hace mucho calor –dijo ella, con los ojos cerrados.

Era ahora o nunca. Mitch eligió ahora.

–¿Quieres ir a otro sitio?

–Quiero que me beses.

No tuvo que decírselo dos veces. Mitch bajó los labios hasta dejarlos tan sólo a unos milímetros de su boca, a punto de tener lo que había querido toda la noche.

–¡Deja en paz a mi mujer! –gritó una voz a su espalda, y Mitch se volvió a mirar.

Bobby Lehman estaba de pie junto a la mesa de

Stella, con el puño levantado y apuntando al disc-jockey, el tal Carl, que medía casi dos metros y pesaba el doble que Bobby.

A Mitch no le quedó más remedio que interrumpir lo único que deseaba hacer en ese momento, que era besar a Tori hasta dejarla sin sentido, e ir a rescatar al novio y evitar que le dieran una merecida paliza la noche anterior a su boda.

Maldito Bobby por arruinarle la noche.

Capítulo Dos

Veinte minutos después, Tori se encontró sentada en el viejo pick-up negro de Mitch, separada de él por el cuerpo de Bobby, que no dejaba de vociferar y decir que le dejaran ir a buscar a su Stella. En aquel momento, Tori habría abierto la puerta encantada y no habría dudado en arrojarlo al suelo, haciéndose a todos un favor.

Nunca había entendido qué veía Stella en un tipo como Bobby Lehman, un hombre cuadrado y anodino de pelo castaño con amplias entradas y una exagerada opinión de sí mismo.

–Oh, cielos, ahora Stella no querrá casarse conmigo –empezó a gimotear el hombre.

A Tori no le hizo ninguna gracia que Mitch interrumpiera el beso para correr a separarlo de Carl, y mucho menos que Bobby le diera sin querer un puñetazo en la boca. Ahora que Mitch llevaba un pequeño corte en el labio inferior, dudaba que la besara aquella noche.

–Tengo que ver a mi mujer –balbuceó Bobby cuando aparcaron delante de la pequeña casa blanca de Stella, situada en las afueras de la ciudad.

Y el alojamiento de Tori hasta el domingo.

–Yo iré a hablar con ella –dijo Tori, abriendo la puerta del vehículo. Después de apearse, sonrió a Mitch–. Gracias, Mitch. Supongo que te veré mañana por la tarde en la boda.

–Si aún se quiere casar conmigo –dijo Bobby con voz lastimosa.

–Sí –dijo Mitch, mirando a Tori con una medio sonrisa cargada de triste ironía–. Quizá entonces podamos terminar nuestro baile.

–Trato hecho –dijo ella, sin poder evitar un estremecimiento que recorrió todo su cuerpo de la cabeza a los pies.

Pero Bobby no pensaba dejar que nadie se interpusiera entre su prometida y ella, y antes de que Mitch lograra impedírselo, bajó corriendo del pick-up y corrió hasta la casa con zancadas inciertas, hasta quedar balanceándose delante de una Stella que lo miraba con expresión severa, las mejillas cubiertas de churretones negros.

Mitch entró tras él, y lo sujetó por un brazo, pero el futuro novio se zafó de él e intentó quitarle las llaves del coche.

–Stella y yo vamos a dar una vuelta –dijo, haciéndose con el llavero.

–Conmigo, no –le espetó su prometida, haciéndose con las llaves, que inmediatamente se metió por dentro de la blusa.

Bobby soltó un rugido y casi se abalanzó sobre ella para hacerse con las llaves, registrando a Stella como si fuera un guardia de seguridad.

–¡Bruto! –exclamó Stella, sin presentar demasiada batalla.

Y menos de medio segundo después, Bobby y Stella se estaban besando y acariciando como una pareja de adolescentes con las hormonas disparadas.

Tori les dio la espalda, diciendo:

–Meteos en la habitación.

Y eso fue exactamente lo que hicieron, corriendo de la mano hacia el dormitorio que había pegado al salón y cerrando la puerta de golpe tras ellos. Tori se quedó mirando la puerta cerrada, con la boca abierta y sin saber qué decir.

–¿Quién de los dos va a buscar mis llaves?

–Yo no –le aseguró Tori, volviéndose a mirarlo–. Ni loca. Tenías que habértelas metido en el bolsillo.

–Eso sí que no. Lo último que quería era que Bobby me metiera mano en los bolsillos –dijo Mitch, frotándose la nuca–. ¿Qué me sugieres que haga para volver a casa?

–¿El coche de Stella?

–¿Sabes dónde tiene las llaves?

–Seguramente en su habitación –dijo Tori–. ¿Por qué no llamas a un taxi?

–En Quail Run no hay taxis, y no pienso caminar treinta kilómetros a cinco grados de temperatura –dijo él, sentándose en el sofá–. Esperaré.

Tori se quitó la cazadora de cuero negra y la colgó en una percha antes de volverse a mirar a Mitch.

–Puede ser una larga espera.

–No lo creo. Bobby está muy borracho. Y no creo que se le ponga... –se interrumpió y se frotó la mandíbula con la mano–. Que pueda hacer nada, vaya.

Tori estaba convencida de que Mitch podría, borracho o no. Pero no lo estaba, y ella tampoco, sólo un poco atontada al verlo recostarse en el sofá, con el pelo negro y brillante, las piernas largas y estiradas, y sus enormes manos entrelazadas sobre el vientre plano, sobre la enorme hebilla plateada y dorada, y un poco más abajo, la gran...

Tori se obligó a apartar la vista.

–Bobby ha dormido aquí las últimas dos noches. Por lo que he oído, no se da por vencido tan fácilmente –dijo ella.

–No te preocupes por mí –dijo él–. Puedes irte a dormir.

¿Cómo iba a ignorarlo?, se dijo ella.

–Estás sentado en mi cama, Mitch.

Una lenta sonrisa se dibujó en el rostro masculino.

–¿En serio? –dijo, arrastrando las palabras–. Creía que Stella tenía una habitación de invitados.

–La tiene, pero está llena de cajas y muebles para la mudanza al rancho donde trabaja Bobby.

–Bobby trabaja para mí.

Otro descubrimiento inesperado.

–Stella no me comentó nada.

Mitch dio unas palmaditas al sofá.

–Siéntate aquí. Podemos hablar mientras Stella y Bobby se ocupan de lo suyo.

Sin poder evitarlo, como si él la hubiera cazado con un lazo invisible, Tori se sentó a su lado, manteniendo una prudente distancia. Permanecieron en silencio unos momentos, mientras ella se armaba de valor para decirle a qué se dedicaba y después pedirle formalmente una entrevista. Pero enseguida empezó la cantinela que tan bien conocía de noches anteriores:

–Oh, Bobby. Oh, Bobby, sí. Oh, Bobby...

Seguida de unos rítmicos golpes contra la pared que levantaron a Mitch y a Tori del sofá de un salto.

–Recoge tu cazadora y vámonos de aquí –dijo Mitch.

Tori obedeció y salió al porche de la casa.

–¿Dónde vamos?

–A cualquier sitio menos aquí –dijo él, echando a caminar hacia el pick-up.

Tori fue la primera en llegar a la puerta del copiloto, pero al intentar abrirla, no pudo.

–La he cerrado –dijo Mitch.

Tori lo miró una vez más.

–Nadie cierra los coches con llave en Quail Run.

–Yo sí. Nunca sabes cuándo puede aparecer un periodista con ganas de husmear en mi guantera, buscando secretos familiares.

Tori tragó saliva. Quizá aquél no era un buen momento para decirle que era periodista. Sería mejor esperar al día siguiente, después de la boda.

Mitch abrió la puerta de la parte posterior abierta del pick-up.

–Podemos esperar aquí de momento –sugirió él–. Tengo unas cuantas balas de heno y un par de mantas de lana. Eso nos protegerá el frío hasta que Stella grite de gusto.

Tori no tenía ninguna duda de que estar bajo la misma manta con Mitch Warner la mantendría caliente el tiempo necesario, e incluso podría meterle en un buen lío.

–De acuerdo –dijo, a pesar de todo–. Supongo que es lo mejor que podemos hacer de momento.

Mitch subió a la parte posterior del pick-up y le tendió la mano para ayudarla a subir. Después, se enfrascó en la tarea de colocar un par de balas de heno a modo de colchón, echar un poco de heno suelto por encima y cubrirlas con una manta.

–Blandita como una cama –dijo al terminar.

Y tan peligrosa, pensó Tori. Pero los dientes le castañeteaban de frío y no le quedó más remedio que buscar un poco de calor. Se tendió junto a Mitch, y éste los cubrió a los dos con una manta a cuadros roja y negra que desprendía un suave olor a heno y avena.

–No puedo creer que haya pasado esto –comentó Tori, mirando al frente, con la cabeza apoyada en la caja de herramientas incorporada que llevaba el vehículo.

–Yo tampoco –dijo él–. ¿Has tenido que aguantar eso cada noche?

–¡Cómo lo sabes! Todas y cada una de las noches –respondió ella–. Es totalmente ridículo.

–¿Qué parte? –preguntó él–. ¿Los gemidos o el hecho de que haya tanta pasión entre ellos?

Tori rodó de costado, y sus caras quedaron tan cerca que ella pudo sentir el susurro del aliento masculino en la frente.

–No lo sé. A lo mejor estoy celosa. Mi novio nunca exclamó: «Oh, Tori. Oh Tori» cuando... ya sabes.

Mitch frunció el ceño.

–Creía que no tenías novio.

–Mi antiguo novio –se corrigió ella–. Rompimos hace unos meses.

–¿Qué pasó? –preguntó él.

De todo, pensó ella.

–Él se quedó a vivir en Oklahoma City y yo me fui a Dallas. Intentamos mantener la relación a distancia, pero no funcionó.

Mike era un buen tipo, aunque más interesado en las finanzas que en el amor. Para él no había mejor juego preliminar que un informe de bolsa, recordó ella.

–¿Y eso te gusta, que te hablen cuando te hacen el amor?

Tori se estremeció al escucharlo, y notó el temblor que recorrió su cuerpo bajo la mirada azul diamante que la estudiaba con interés.

–No podría decirlo muy bien –respondió ella–. No he tenido mucha experiencia. Mike ha sido mi único novio.

Mitch estiró la manta hacia arriba, gesto que recordó a Tori que él no llevaba cazadora.

—Debes tener frío, sólo con una camisa.

—Dos camisas —dijo él—, y soy caliente por naturaleza.

De eso estaba segura, pensó Tori, y se estremeció una vez más.

—Pero tú tienes frío. Deja que te caliente un poco —añadió él, con su voz lenta y ardiente.

La envolvió con sus brazos y la atrajo hacia sí, haciendo exactamente lo que le había prometido, darle su calor.

Ella observó que el labio masculino empezaba a hincharse, y lo rozó con la punta del dedo. La reacción masculina la desarmó. Mitch la besó en la frente, en la mejilla, y después posó sus cálidos labios sobre los de ella.

—Te dolerá la boca —dijo ella, echándose hacia atrás.

—No si tú me besas y la curas.

Oh, cielos. Oh, sí, fue el último pensamiento de Tori cuando Mitch le separó los labios con la lengua y la deslizó en su interior.

Mitch ladeó ligeramente la cabeza para evitar rozarla con el leve corte, pero no tuvo ningún problema para besarla apasionadamente, acariciándola despacio con la lengua y los labios.

Tori no lo detuvo. No quería detenerlo. Y mucho menos cuando él continuó besándola hasta sumirla en un paraíso de gloria y placer. Y tampoco cuando él deslizó la mano bajo su suéter y tomó el seno en la palma de la mano a través del encaje negro del sujetador. Ni tampoco cuando él abrió el cierre delantero del sujetador y liberó los dos senos.

Tori contuvo un gemido al sentir el contacto de la mano en su piel desnuda.

—Siento tener las manos tan frías —le susurró él

al oído, sin dejar de acariciarle el pezón que ya estaba totalmente erecto.

—Tienes unas manos maravillosas —susurró ella, intensificando el beso.

Casi sin darse cuenta, Tori se vio tendida de espaldas sobre la manta que cubría el heno, con Mitch parcialmente tendido sobre ella, acariciándole con destreza, primero un pecho, luego el otro. No le importó que no estuvieran en una cama de verdad, y tampoco que hiciera un frío casi insoportable. Tampoco pensó cuando Mitch le levantó la camiseta por completo y enterró la cabeza bajo la manta, sustituyendo la mano por los labios.

Tori se olvidó por completo de cualquier amago de protesta y deslizó los dedos por la sedosa melena morena de Mitch. Nunca se había sentido tan libre, tan consumida por un hombre que tenía una boca que estaba destrozando por completo su capacidad de razonar.

Asimismo, era muy consciente de la erección de Mitch contra el muslo, el movimiento insistente de sus caderas, diciéndole exactamente lo que necesitaba, pero sin palabras.

Mitch levantó la boca de su pecho, y la besó de nuevo en los labios.

—Quiero hacerte el amor, Tori —susurró él, interrumpiendo el beso—. Dime que pare.

¡Para!, gritó la mente femenina mientras él desabrochaba el botón del pantalón.

¡Para!, gritó de nuevo cuando le bajó la cremallera.

¡Para!, volvió a gritar a lo lejos su cerebro mientras él deslizaba los pantalones de piel y la ropa interior por sus caderas y sus muslos.

¡No pares!, fue la voz que Tori eligió cuando él

deslizó la punta de los dedos entre la suave mata de vello y buscó la fuente de toda aquella pasión que necesitaba desesperadamente ser satisfecha. Y Mitch así lo hizo, con pequeños movimientos circulares, acercándose cada vez más hasta encontrar el punto más sensible de su cuerpo.

Tori levantó de repente las caderas.

—Tranquila, nena —murmuró él, antes de besarla otra vez, sin olvidar sus lentas y excitantes caricias.

Tori gimió dentro de su boca cuando él la acarició con el pulgar y deslizó un dedo en su interior, después otro. ¡Qué dulce invasión, qué hombre tan experto!, pensó ella, antes de que el orgasmo se apoderara por completo de su capacidad de razonar y la hiciera estallar en una sucesión de espasmos de placer.

Pero eso no era suficiente, y no lo sería hasta sentir a Mitch dentro de su cuerpo. Por eso le quitó la camiseta vaquera y la camiseta de algodón, como él había hecho con ella, y deslizó la palma de la mano por el abdomen liso. Allí, con dos manos desabrochó la hebilla del cinturón, y dos segundos después Mitch dejó de besarla y contuvo la respiración, cuando ella le bajó la cremallera. Él la apretó contra su pecho y metió la cabeza bajo su barbilla, pero eso no impidió que ella continuara, llegando hasta el final.

Cuando ella le abrió los vaqueros y le bajó la ropa interior, liberándolo, Mitch dejó escapar lentamente el aire. Después las manos femeninas subieron por debajo de la camisa, deteniéndose para acariciar los pezones endurecidos, y descendiendo de nuevo, así varias veces, para caldear las palmas de las manos y poder continuar con su exploración.

Pero no tuvo esa oportunidad, porque Mitch se puso de rodillas sobre ella, echó la manta hacia atrás, le bajó los pantalones y la ropa interior hasta los tobillos, hizo lo mismo con los suyos y la penetró.

–Oh, Dios –gimió él.

–Oh, sí –susurró ella, ahora totalmente adicta a su calor, al contacto de su piel y a sentir toda la fuerza de su cuerpo en ella.

Tori le acarició la espalda musculosa con las palmas de las manos, y después las dejó descender hasta las nalgas. Mitch hizo lo mismo, y la pegó más a él, a la vez que le susurraba frases excitantes al oído, frases que hubieran escandalizado a cualquier madre. El aliento masculino jadeaba en su oído, y el suyo salía en suaves golpes de aire mientras él la acariciaba con el cuerpo y con la mano una y otra vez. Una y otra vez.

El segundo orgasmo cayó sobre Tori como un tsunami. El cuerpo de Mitch quedó rígido en sus brazos y dejó de moverse.

Todo pareció detenerse entonces, mientras Tori se estremecía por el impacto y Mitch dejaba escapar un largo jadeo entre los dientes, y después se desplomaba a su lado.

Al cabo de un rato, el mundo empezó a girar de nuevo, el frío de la noche se hizo presente otra vez y las estrellas volvieron a brillar en el cielo. Pero Tori supo que aunque todo parecía haber vuelto a la normalidad excepto los latidos de su corazón, nunca volvería a ser la misma. Nunca.

Después de vestirse de nuevo, se tumbaron en sus posiciones iniciales, mirando al cielo, sin tocarse, sin hablar, hasta que Mitch no pudo soportarlo más. Tenía que saber exactamente cuál era la situación.

—Tori, ¿tomas la píldora?
—Un poco tarde para preguntarme eso, Mitch.
—Lo sé.
—La respuesta es no.
Oh, maldita sea.
—Entonces...
—Hace poco me puse una inyección anticonceptiva, así que no creo que debamos preocuparnos, al menos en lo que a un embarazo se refiere. En el tema de posibles enfermedades, yo estoy sana. Sólo he estado con un hombre.
—Yo también. En los últimos nueve años sólo he estado con una mujer.
—Mary Alice.
Mitch la miró, pero ella continuó con los ojos clavados en las estrellas.
—¿Cómo lo sabes?
—Esto es una ciudad pequeña, Mitch. La gente habla. Por eso tienes que prometerme que no dirás nada de esto.
La preocupación en la voz femenina lo tranquilizó.
—No se lo diré a nadie, Tori. Puedes confiar en mí.
—Bien. No quiero que nadie crea que soy una...
Cuando Tori se interrumpió, Mitch se tendió de costado y la obligó a mirarlo.
—¿No quieres que nadie crea que eres una qué?
—Ya sabes, una fresca —dijo ella, soltando una risa contenida—. Es una estupidez, después de lo que ha pasado. Y los dos somos mayores, y además no es asunto de nadie...
Mitch detuvo las palabras con un beso y después le enmarcó la cara con las manos.
—Esto es lo que pasa cuando dos personas se sienten mutuamente atraídas —dijo él.

Tori le puso una mano en el pecho y sonrió, aunque Mitch podía seguir viendo la preocupación en los oscuros ojos femeninos.

–¿Significa que te sigo gustando?

Mitch se echó a reír, algo que no hacía muy a menudo, y menos en presencia de una mujer.

–Sí, Tori, me gustas.

Le gustaba mucho.

–Bien, estupendo. Y si es verdad lo que dices, encontrarás la manera de recuperar las llaves antes de que nos convirtamos en estalactitas humanas.

Mitch estuvo a punto de protestar, pero se dijo que ambos necesitaban dormir si no querían quedarse dormidos al día siguiente durante la boda.

Al día siguiente podrían repetir lo de hoy, lejos de las inclemencias del tiempo y en una cama de verdad. Su cama. Pero la próxima vez tendría más cuidado.

Mitch se puso en pie y ofreció la mano a Tori. Cuando los dos estuvieron de pie, Mitch aprovechó la oportunidad para abrazarla de nuevo, sentirla contra él una vez más, besarla otra vez antes de separarse de ella.

En silencio recorrieron el sendero que llevaba hasta la puerta de la casa, donde encontraron las llaves del coche pegadas con celo a la mosquitera.

Mitch las arrancó y lanzó el llavero al aire, con una sonrisa.

–Al menos no he tenido que registrar a Stella para recuperarlas –dijo, recogiéndolas de nuevo.

Los dos permanecieron mirándose unos segundos antes de que él se inclinara sobre ella y la besara, esta vez en la mejilla, temiendo que si hacía algo más se sentiría tentado a pedirle que le dejara dormir a su lado en el sofá.

–Lo he pasado muy bien, Tori –dijo él, lo que no era totalmente cierto.

Lo había pasado estupendamente. El mejor rato que había tenido en mucho, mucho tiempo.

–Yo también –dijo ella, frotándose los brazos con las manos–, pero creo que será más prudente que no volvamos a pasarlo tan bien mañana por la noche.

Adiós a los planes que había preparado para después de la boda, se dijo Mitch.

–Seguramente tienes razón –dijo él, sin perder la esperanza de volver a experimentar lo que había sentido con ella, al menos una vez más antes dc que se fuera.

–Supongo que te veré en el altar –dijo ella, con una sonrisa, mientras abría la puerta de la casa.

Mitch sintió una punzada de miedo en el pecho.

–¿En el altar?

Tori frunció el ceño.

–En la boda de Stella y Bobby.

–Sí, es verdad, la boda –dijo él, maldiciéndose por portarse como un estúpido. Y antes de que ella entrara en la casa, añadió–: Sólo quiero decir que normalmente no soy tan descuidado.

–Yo tampoco –le aseguró ella–. Supongo que los dos nos sentíamos un poco revoltosos –dijo, sonriendo de nuevo.

Mitch sintió ganas de besarla otra vez. Muchas ganas.

–Buenas noches, Tori.

–Buenas noches, Mitch.

Tori apoyó la espalda contra la puerta con los ojos cerrados. A pesar de que dentro de la casa hacía calor, estaba helada.

–¿Dónde has estado, Victoria May?

Abrió los ojos y encontró a Stella sentada en una silla, con una bata rosa, rulos en la cabeza y ojos cansados.

–¿Qué haces levantada? –preguntó Tori.

–Bobby está roncando como un tren de mercancías.

Tori se alejó de la puerta.

–Oh. ¿O sea, que nada de «Quiero hacerte mía, Stella, oh, Stella»?

Stella se puso más colorada que un tomate.

–¿Has oído eso?

–Eso y mucho más. Y Mitch también. Por eso nos hemos ido –dijo ella, colgando la cazadora en la percha–. Me voy a dar una ducha.

–No has respondido a mi pregunta –dijo Stella, poniéndose en pie y bloqueándole el paso–. ¿Dónde has estado con Mitch?

–Sentados en la parte de atrás de su camioneta.

–¿Y qué habéis hecho allí?

–Oh. Hablar.

–¿Sólo hablar?

Tori no se atrevió a decirle la verdad, no porque no confiara en ella, sino porque no quería tener que explicar lo imprudente que había sido.

–Sí, hablar. De todo. Bobby y tú deberíais probarlo.

Stella le arrancó una brizna de paja del pelo y la blandió en el aire como si de un trofeo se tratara.

–Parece que alguien se ha estado revolcando en un pajar.

Tori se sentó en el sofá y se cubrió la cara con las manos.

–Nos hemos enrollado, sí –soltó de repente, y separó ligeramente los dedos para ver la reacción de su amiga.

Stella la miraba con ojos desorbitados.

–¿Quieres decir que has hecho el amor con Mitch Warner?

–Sólo ha sido sexo, Stella. No puedes hacer el amor con alguien a quien apenas conoces.

Stella se sentó a su lado.

–¿Ha estado bien?

Tori sintió el rubor que le cubrió las mejillas.

–Oh, sí. Mejor que bien.

Stella le dio una palmada en el muslo.

–Ya era hora de que te arriesgaras un poco.

Desafortunadamente, Tori se había arriesgado demasiado, aunque eso era lo único de lo que se arrepentía.

–No hemos usado nada.

Stella abrió aún más los ojos.

–Oh, no. ¿Acaso no sabes lo que pasa cuando no usas protección?

Oh, sí. Tori lo sabía perfectamente, porque era lo que le había ocurrido a su madre con ella, y a Stella. Hasta ese día, siempre estuvo segura de que a ella no le pasaría nunca.

–¿Crees que puedes quedarte embarazada? –preguntó Stella.

–Espero que no. Me puse una inyección anticonceptiva hace poco.

–Define «hace poco».

–Unos cinco meses.

–¿No es mucho tiempo para que siga siendo efectiva, Tori?

–Sí, aunque hay muchas mujeres que tardan un año o más en quedarse embarazadas. No tenía razón para ponerme otra cuando Mike y yo rompimos.

Hasta aquella noche.

–¿Qué harás si te quedas embarazada?

Tenerlo, decidió Tori en ese momento. Su madre lo había hecho, sin el apoyo de un hombre; y ella podía hacerlo también. Pero con suerte no llegaría a eso.

Tori se puso en pie y fue al cuarto de baño.

–No voy a pensar en eso ahora. Es ganas de preocuparse sin motivo.

A pesar de todo, ella seguía queriendo la entrevista con Mitch, aunque no estaba segura de si ahora tendría el valor de pedírsela. O de volver a hablar con él.

Pero tendría que verlo al día siguiente, en la boda. Aparte de eso, se tomaría las cosas con calma, y cruzaría los dedos para no repetir la historia de su madre y volver a caer en brazos de Mitch sin poder evitarlo.

Tenía que evitarlo. Tenía que resistirse a él. Y también tenía que tener en cuenta que estaba al alcance de su mano una oportunidad que no podía dejar pasar. Si Mitch no accedía a concederle la entrevista, se iría el domingo. Se alejaría de él y de aquella ciudad provinciana e intolerante para siempre. Y esperaba no irse con un pequeño recuerdo de la noche que encontró el cielo entre sus brazos.

Capítulo Tres

A la tarde siguiente, Tori miró a su alrededor en el dormitorio de su mejor amiga en casa de los Moore, un lugar donde había pasado muchos ratos y muchos días en su juventud, donde siempre fue bien recibida y nunca juzgada. Los padres de Stella siempre le mostraron un cariño y una aceptación incondicional, y ahora el matrimonio Moore esperaba en el piso de abajo para ser testigo de la boda de su única hija. Tori nunca conocería el placer de tener a su madre junto a ella cuando llegara el momento de su casamiento, y eso la entristeció en una noche que debería estar llena de júbilo y alegría.

El suave sonido de la música indicó que la ceremonia estaba a punto de comenzar en el salón de los Moore, donde se había reunido un grupo selecto de familiares e invitados. Entre ellos estaba Mitch, y eso la ponía mucho más nerviosa que la idea de cantar delante de un montón de gente.

Pasándose una mano sobre el vestido de terciopelo rojo, Tori contempló a Janie y Brianne mientras éstas daban los toques finales al maquillaje de la novia. Stella era la primera de las cuatro en casarse, y Tori se preguntó si las otras tres no seguirían también por el mismo camino. Ella no, se dijo. Ella quería afianzar su carrera profesional antes de pensar en el matrimonio y los hijos. También quería un hogar con padre y madre, algo que ella no había tenido. Lo cierto era que lo quería todo: la carrera profesional, la casa, el marido y los hijos. Aunque cada cosa en su momento, a menos que...

Lo ocurrido la noche anterior con Mitch Warner la atormentó una vez más. ¿Cómo podía haber sido tan descuidada? Ahora no le quedaba más que cruzar los dedos para que el fugaz rato con él no tuviera consecuencias.

El ramo de rosas rojas que llevaba en la mano empezó a temblar cuando recordó la pasión que se desató entre los dos. ¿Cómo iba a poder hablar con él si era incapaz de sujetar un ramo de flores?

Stella se puso en pie. Un velo de gasa transparente le cubría parte de la cara, pero el vestido de encaje no podía ocultar el avanzado estado de gestación. Stella había elegido el color blanco, algo que habría sido imposible diez años atrás, sobre todo en una ciudad donde los rumores y cotilleos estaban a la orden del día. Quizá las cosas habían cambiado. O quizá a Stella no le importaba lo que pensarán los demás.

—Estás preciosa, Stella –dijo Tori, con sinceridad, con los ojos nublados de lágrimas por la emoción–. Bobby estará orgulloso de ti.

—Bobby tienes suerte de que no haya cancelado la boda –dijo Stella, seria, aunque sus ojos también se nublaron.

Janie abrió la puerta del dormitorio de par en par.

—Bien, vámonos antes de que rompáis todas a llorar y os estropeéis el maquillaje. En fila de uno. Yo primera, después Brianne, y después Tori. Stella, tú a la cola.

El sonido de la marcha nupcial sonó en el salón del piso inferior y las cuatro mujeres, ataviadas con los mismos y elegantes trajes de terciopelo rojo que la novia había elegido para sus damas de honor, iniciaron el descenso por las escaleras. Como habían ensayado, Tori esperó hasta que Brianne dio tres pasos, y después empezó a bajar las escaleras detrás de ella, manteniendo la distancia correspondiente.

En el salón, cuatro hileras de sillas blancas a cada lado de un improvisado pasillo no lograban acomodar a todos los invitados, y muchos de ellos se alineaban junto a las paredes y esperaban la entrada de la novia. Cuando Tori llegó a la alfombra roja, recorrió el salón con los ojos. Allí delante estaban los acompañantes del novio. Clint Moore, tan apuesto como siempre y con el mismo aspecto de playboy que le caracterizaba. Johnny, el hermano mayor de Bobby, calvo como una pelota de billar, sonreía como un desquiciado a la derecha de Clint. Y a la izquierda, junto al novio, un hombre que destacaba literalmente por encima de todos los reunidos.

Enfundado en un esmoquin negro, Mitch Warner se había metamorfoseado en el hijo del senador, y la única indicación de que prefería el ganado a una asamblea política eran las botas de vaquero que llevaba puestas, haciendo caso omiso a la etiqueta. Sus ojos eran tan azules como su sangre, el pelo tan negro como la noche, en resumen, el hombre perfecto que podría ser comercializado con el nombre de Fantasía de Mujer.

Y la estaba mirando a ella con una amplia sonrisa en los labios. Una sonrisa capaz de marchitar el ramillete de rosas que llevaba.

Stella llegó hasta el improvisado altar, aceptó un beso de su padre, y dio la mano a Bobby. La introducción de la canción empezó, y por un momento Tori temió perder su entrada, tan azorada estaba bajo la mirada de Mitch. Pero se repuso de forma inmediata y cantó la canción de forma impecable, concentrando toda su atención en un retrato de familia que colgaba de la pared para evitar mirar a los invitados, especialmente al padrino.

Cuando terminó de cantar, el reverendo dio inicio a la sencilla ceremonia en la que los novios se dieron los «Sí, quiero» de rigor. Tori no se atrevía a mirar en dirección a Mitch, pero cuando el servicio terminó, él se emparejó con ella para el paseo hasta el fondo del pasillo detrás de los recién casados.

Mitch murmuró algo, pero ella no lo oyó. Todo el mundo aplaudía y felicitaba a los novios, y después los invitados fueron distribuidos en las limusinas que habían de llevarlos a Sadler's, el lugar reservado para la recepción.

Cuando llegaron al local donde había estado la noche anterior, Tori siguió a sus amigas al interior, nerviosa de pensar que Mitch ya estaría dentro. Sus suposiciones se confirmaron cuando lo vio de pie hablando con una mujer alta y rubia, que llevaba el pelo recogido en un elegante moño y un cuello tan esbelto como el de un cisne. El vestido de tirantes revelaba unos senos abundantes que parecían a punto de salirse del corpiño si levantaba un poco los brazos. Los labios, artificialmente carnosos, sonreían a Mitch, mientras la mujer apoyaba en el brazo masculino una mano que lucía un espectacular anillo de diamantes. Cuando la mujer miró hacia ella, siguiendo los ojos de Mitch, Tori la reconoció: Mary Alice Marshall.

Sintiendo una ridícula punzada de celos, Tori se alejó en dirección contraria, pero fue incapaz de mantener sus ojos lejos de la mujer que continuaba hablando con Mitch con la familiaridad propia de una amante.

Pero, ¿no estaba prometida a un banquero? A juzgar por su actitud y la forma con que se inclinaba hacia Mitch y lo tocaba, era evidente que Mary Alice seguía sintiendo un gran interés por Mitch.

Tori sintió una gran satisfacción cuando Mitch empezó a tirar de la pajarita y mirar a su alrededor, con evidentes ganas de librarse de su interlocutora, y más aún cuando lo vio señalar a los novios y alejarse hacia ellos.

Para no parecer demasiado interesada en su paradero, Tori se acercó a la tarta nupcial. Y de repente imaginó a Mitch cortándola. Cielos, seguro que sería el novio más apuesto y seductor del mundo, y a ella no le importaría ser su pareja.

Cielos, ¿de dónde había salido aquella idea? Tenía que dejar de pensar en él en aquellos términos. Después de todo, sólo habían pasado un rato juntos en la parte trasera de un pick-up. Ahora tenía que concentrarse en cómo pedirle la entrevista, aunque su reacción era impredecible. ¿Seguiría interesado en ella cuándo se enterara de su profesión?

Intentaría explicarle por qué no se lo había dicho antes, le pediría la entrevista y, de no conseguirlo, regresaría a Dallas al día siguiente y olvidaría todo lo que había ocurrido entre ellos. Si podía.

Un golpecito en el hombro la sobresaltó, y por un momento pensó que sería Mitch. Por eso no pudo ocultar primero la desilusión y después la sorpresa al ver que era Mary Alice Marshall.

–¿Te conozco? –preguntó la espectacular rubia en un tono demasiado empalagoso para el gusto de Tori.

–Me gradué en el instituto tres años después que tú.

Mary Alice se llevó una uña rosa a la barbilla.

–Oh, es verdad. Tú eres aquella niña pobre que sacaba tan buenas notas.

«Y tú eres aquella animadora presumida y arrogante», pensó Tori para sus adentros.

–Sí, tuve Matrícula de Honor.

–Qué bien. ¿Por qué has vuelto a Quail Run?

¿No era evidente?, pensó Tori. Probablemente la despampanante Mary Alice no estaría entre los veinte mejores de su clase de veinticinco. Sin duda su coeficiente intelectual era inversamente proporcional a la talla de sujetador.

–Soy una de las damas de honor de Stella.

–Oh, sí, claro –dijo Mary Alice con una risita, y señaló el vestido de terciopelo rojo con la mano–. Eso explica el vestido. Yo nunca elegiría terciopelo rojo para mis damas de honor.

Tori prefirió ignorar el malicioso comentario sobre los gustos de Stella.

–No te he visto en la ceremonia –dijo Tori, a modo de respuesta.

–Brady y yo teníamos otro compromiso anterior –dijo Mary Alice–. Brady es mi prometido y nos casaremos en cuanto terminen la casa de mil doscientos metros que está construyendo en Hunter´s Hill –explicó, y señaló con la cabeza a dos hombres que charlaban en una esquina–. Ahí está, hablando con mi padre. Es maravilloso. Es capaz de hacer por mí lo que le pida.

Siempre y cuando tenga que ver con dinero, pensó Tori. No podía imaginarse, ni tampoco quería hacerlo, a Mary Alice haciendo apasionadamente el amor con Brady Stevens.

Tori sonrió e intentó pensar en algún comentario agradable sobre el banquero de la ciudad. Lo que era difícil, teniendo en cuenta que medía cinco centímetros menos que Mary Alice, estaba empezando a quedarse calvo, y llevaba un traje verde que no podía sentarle peor. A Tori le resultaba difícil creer que Mary Alice Marshall hubiera cambiado a Mitch por él. Probablemente había sido al revés. Aunque Tori seguía sin entender qué había visto Mitch en ella. Como no fuera la talla del sujetador.

«No seas tan mala, Victoria», se reprendió.

–Estoy segura de que es estupendo.

Y rico.

–Sí, será un gran marido que colmará todos mis deseos –dijo Mary Alice, con una falsa sonrisa en los labios–. ¿Hasta cuándo te quedas? Podemos comer juntas algún día.

–Aún no lo sé –respondió Tori, sin atreverse a decirle que esperaba pasar los días siguientes en compañía de su antiguo novio–. Me quedaré unos días para ayudar a Stella y Bobby a instalarse en su nueva casa.

–Entonces te quedarás en el Rancho Independence.

Tori no pudo resistirse.

–Aún no he hablado con Mitch sobre ello, pero estoy segura de que seré bienvenida.

La forzada sonrisa desapareció al instante de los labios rojos de Mary Alice.

–¿Conoces a Mitch?

–Nos conocimos anoche. Ha sido muy amable. Es un hombre encantador.

Si Mary Alice supiera lo encantador que había sido con ella, seguramente se caería de los tacones.

–Sí, si te gusta ese tipo vaquero tan tosco. Sinceramente, yo prefiero a los hombres más refinados.

Tal y como Tori sospechaba, Mitch la había dejado.

–¿Como Brady?

–Sí, como Brady. Lo que me recuerda que debo volver con él. Debe de estar preguntándose dónde estoy.

Tori miró hacia la derecha dónde Brady charlaba con una atractiva camarera y no parecía en absoluto preocupado por el paradero de su prometida. Evidentemente Mary Alice era lo más lejos de su mente en aquel momento.

–Yo iré a buscar a Mitch, a ver si tiene sitio para mí en su casa.

Los ojos de Mary Alice la miraron furiosos.

–Oh, estoy segura de que Mitch tendrá sitio en uno de los barracones. Siempre ha sido muy amable con los menos pudientes.

Con esas, giró sobre sus talones y se alejó, dejando a Tori con ganas de soltarle algo ingenioso, pero sin conseguirlo. Pero era inútil malgastar energía en gente como Mary Alice. Era una lección que había aprendido de muy pequeña.

Se acercó a felicitar a Bobby y Stella. Las dos amigas se abrazaron durante un largo rato.

–Has cantado maravillosamente –dijo Stella cuando se separaron.

–Y estaba preciosa.

Tori quedó paralizada al escuchar el sonido de la voz de Mitch a su espalda. Una voz grave y provocadora capaz de generar una oleada de calor en su cuerpo.

Se volvió a mirarlo, y murmuró:

–Gracias.

Tras intercambiar algunas palabras, Bobby y Stella continuaron recibiendo las felicitaciones de los invitados, y Mitch concentró su atención en Tori.

–Estás preciosa con ese vestido. Te lo he dicho cuando íbamos caminando por el pasillo.

Así que eso era lo que ella no había oído.

–Supongo que no te he oído –dijo ella–, pero gracias de nuevo.

–También me gustaría ver qué llevas debajo.

Esta vez Tori lo escuchó perfectamente, pero en ese momento el grupo de música decidió iniciar la sesión de baile, imposibilitando cualquier tipo de conversación.

–Tenemos que hablar –dijo él, inclinándose sobre ella, y bajando el volumen, añadió–: A solas.

Precisamente lo que Tori llevaba pensando toda la noche.

–Bien, yo también tengo que preguntarte una cosa. Después de que Bobby y Stella corten la tarta.

Mitch señaló con la cabeza hacia la pista de baile donde el novio y la novia bailaban fundidos en un abrazo, con las mejillas pegadas, ajenos por completo a la tarta y el resto de los invitados.

–Eso puede tardar más de lo esperado. Podemos salir a mi coche.

–¿Estás seguro de que es una buena idea? –preguntó ella, sin poder evitar un estremecimiento de excitación.

Mitch le dedicó una sonrisa de muerte.

–Esta vez dentro de la cabina.

Esta vez. La imagen de otra apasionada escena de amor en la cabina del pick-up de Mitch la asaltó de repente.

No. No. No.

No podía repetir, por mucho que lo deseara. Esta vez tenía que hablarle a nivel profesional y plantearle su propuesta.

–Está bien, pero tengo que volver enseguida –aceptó ella, tras meditarlo unos segundos.

–Como quieras.

Mitch señaló hacia la puerta a la vez que agarraba dos copas y una botella de champán recién abierta. Cuando estuvieron los dos sentados en la cabina, sirvió las dos copas y ofreció una a Tori.

–Por la feliz pareja –brindó con ella–. Gracias a Dios que por fin se han casado.

–Amén –repitió Tori, brindando con él.

Bebieron en silencio hasta que Mitch hizo una mueca con la cara, y dijo:

–He odiado el champán desde mi primera copa a los dieciséis años. Sólo lo he tomado otra vez en los últimos diez años.

–¿Otra celebración?

–El día que me licencié de Harvard.

Otro recordatorio de quién era exactamente y de por qué Tori tenía que revelar su verdadera identidad. Pero primero decidió concentrarse en temas más superficiales, para ir rompiendo el hielo.

–Pensaba que te gustaba la cerveza.

–Así es, pero en la mansión de los Warner no se servía una bebida tan plebeya, a menos que fuera de importación y costara un ojo de la cara.

Las palabras, cargadas de rabia y veneno, sorprendieron a Tori. Bebió en silencio, preguntándose sobre el repentino arranque de ira en un hombre que parecía ejercer un férreo control sobre sí mismo.

–Supongo que debería decir que siento lo de anoche –dijo él, tras un silencio–. Pero no me arrepiento.

Tori tampoco se arrepentía.

–Yo tampoco –confesó ella, incapaz de mentir–. Teniendo en cuenta el lugar, fue fantástico.

–¿Sí? –preguntó él, clavando los ojos en ella.

Tori se mordió el labio inferior.

–Supongo que en una escala de uno a diez le daría un ocho.

En realidad, le daría un veinte.

Mitch dejó la copa de champán en el salpicadero, echó la cabeza hacia atrás y se pasó ambas manos por el pelo.

–¿Sólo un ocho?

–Bueno, pensando en el frío que...

–No me pareció que ninguno de los dos tuviera frío.

–Ya sabes a qué me refiero. Ni siquiera nos desvestimos del todo.

–Yo creo que improvisamos bastante bien, dadas las circunstancias –dijo él, levantando la cabeza y mirándola con sus intensos ojos azules, casi transparentes–. Y debo decir que no me di cuenta del frío porque anoche tú estabas ardiendo de la cabeza a los pies.

Oh, cielos. Un comportamiento apasionado no era normalmente su punto fuerte, pero aquella vez había sido provocado por el propio calor de Mitch.

–Si tú lo dices –dijo ella, con los ojos en la copa, sin mirarlo.

Mitch estiró una mano y le alzó la barbilla con el dedo, obligándola a mirarlo.

–Ya lo creo que lo digo –le aseguró. Recorrió la mandíbula con la punta del dedo, y después descendió por el cuello–. Y quiero pedirte disculpas por olvidar algo tan importante.

–No tenemos que volver sobre eso, Mitch.

–Quiero volver sobre eso contigo, Tori. Toda la noche –dijo él con énfasis, y antes de que Tori pudiera prepararse, se inclinó sobre ella y le acarició los labios con la lengua–. El champán sabe mucho mejor en ti.

–Mitch, no pienso...
–No pienses, Tori –dijo él, quitándole la copa y dejándola junto a la suya en el salpicadero.

Tori ardía por dentro, estaba al borde de la combustión, y entonces él la rodeó con los brazos y la besó intensamente. A pesar de la resolución de Tori, ésta no pudo reunir la fuerza necesaria para detenerlo. No podía pensar más que en la suavidad de sus labios, la viril fragancia que desprendía de su cuerpo, las caricias de sus manos en las caderas al apretarla contra él.

Interrumpiendo el beso, él murmuró:
–Este terciopelo tiene un tacto maravilloso. Quiero quitártelo, y después quiero frotártelo por todo el cuerpo. Y por el mío.

Tori lo deseaba tanto como él. Pero al notar que él deslizaba la cremallera del vestido por su espalda, se estremeció.

–¿Quieres decir aquí, ahora? –preguntó, casi sin aliento.

–No del todo –susurró él–. Sólo quiero acariciarte un poco. Y después llevarte a mi cama, donde podemos hacer esto bien. Quiero verte desnuda.

Tori perdió toda la fuerza de voluntad y toda la capacidad de razonar cuando él deslizó el vestido por sus hombros y dejó el sujetador al descubierto. Hundió los dedos en los cabellos morenos, mientras él depositaba un reguero de besos sobre la piel descubierta de sus senos, a la vez que utilizaba la lengua para realizar sensuales incursiones bajo el encaje rojo. Lentamente, fue bajando el tejido hasta dejar un pezón erecto al descubierto. La rítmica caricia de su boca provocó una oleada de calor que llegó hasta los muslos femeninos, donde ahora se iba acercando la mano de Mitch.

Si no lo detenía ahora, sería incapaz de hacerlo.

Enmarcando las mandíbulas masculinas con las palmas de las manos, Tori le hizo levantar la cabeza y lo miró.

–Mitch, tenemos que parar ahora. Si no, no podremos.

Él se incorporó y suspiró.

–Lo sé –dijo él, arreglándole el vestido.

Después volvió a su asiento y apoyó la frente sobre el volante.

–Supongo que te costará creerlo, pero normalmente no soy así. Eres tú. Me vuelves loco.

Tori no recordaba aquellas palabras dirigidas a ella en boca de ningún otro hombre, pero no podía permitirse perder la cabeza. Además, tampoco sabía cuál sería su reacción cuándo le contara la verdad.

Mitch alzó la cabeza y miró hacia donde ella estaba.

–Dime, ¿qué querías preguntarme?

Tori fijo los ojos en las dos copas de champán que descansaban casi intactas sobre el salpicadero.

–En realidad, es una petición. Pero antes tengo que decirte algo.

–Tienes novio.

–No, no es eso.

–¿Marido?

–Hablo en serio, Mitch.

–Ya me he dado cuenta. Y si no tienes otro amante, ¿qué es?

–Necesito algo de ti.

–Ya te he dicho que voy a darte todo lo que necesites, toda la noche, esta vez en una cama de verdad.

¡Qué tentación, decirle que la llevara a cualquier parte y cumpliera su promesa!

Pero no podía hacerlo.
 –No me refiero a sexo.
 Mitch dejó escapar un suspiro de frustración.
 –Está bien, Tori. No entiendo nada. Dilo de una vez.
 Tori respiró hondo.
 –Soy periodista y quiero una entrevista.

Capítulo Cuatro

Mitch sintió como si le hubieran dado un puñetazo en el estómago. Permaneció en silencio unos momentos mientras absorbía la información. La sorpresa dio paso a la ira, y el amargo sabor de la traición arruinó el dulce sabor de la piel femenina todavía en sus labios.

–¿Por qué demonios no me lo dijiste anoche?
–Iba a decírtelo cuando estábamos en casa de Stella –le confesó ella, encogiendo ligeramente un hombro–, pero cuando hiciste el comentario sobre periodistas rebuscando en tu guantera, no me atreví. Después,... tenía otras cosas en la cabeza.

Y las manos de Mitch en su cuerpo. Él no necesitaba recordar lo fantástica que había sido la noche anterior y lo mucho que deseaba repetirlo. Necesitaba aferrarse a su rabia y a su cólera, porque ella era el enemigo.

–No soy tu enemigo –dijo ella, como leyéndole el pensamiento–. No todos los periodistas buscamos noticias sensacionalistas. Algunos somos responsables.

Mitch le dirigió una mirada cargada de dureza y escepticismo.

–Me resulta difícil creerlo, sobre todo viendo que ayer no quisiste contarme tu pequeño secreto.

Tori le rozó el brazo, pero rápidamente apartó la mano.

–Si quieres escucharme un momento, te explicaré por qué creo que una entrevista puede resultarte beneficiosa.

En circunstancias normales, Mitch habría admirado su insistencia, pero nada en su relación había sido normal hasta el momento. Ni su primer encuentro, ni su íntimo contacto, ni la innegable atracción que seguía sintiendo por ella, a pesar de saber que era periodista.

–Valoro mi intimidad, y he trabajado mucho para no despertar el interés de la prensa. No quiero estar de nuevo en todas las portadas.

–Lo estarás cuando tu padre anuncie que se retira de la política.

–La política no me interesa.

–Entonces considéralo una oportunidad para dejar clara tu postura antes de que empiecen los rumores y las especulaciones. Define tus aspiraciones antes de que alguien lo haga por ti. Yo puedo ayudarte.

Mitch se pasó una mano por la cara, con los ojos fijos en el parabrisas. Parte de lo que estaba diciendo Tori era cierto.

–No tienes ni idea de lo que es tener hasta el último detalle de tu vida a disposición de todo el que lo quiera.

–Sí que lo sé.

El tono de dolor en su voz logró la atención de Mitch.

–¿Cómo?

–No importa.

A él sí, aunque probablemente no debería.

–Si quieres que me sincere contigo, tú debes hacerlo también conmigo.

–Pero esto no es sobre mí –dijo ella–. Trabajo para una revista de mujeres de Dallas, y presentamos reportajes sobre hombres de éxito de Texas.

–Yo no vivo en Texas, por si no te habías dado cuenta –dijo él.

–Pero perteneces a una importante dinastía política tejana, y eso cuenta. Mi propuesta es hacer un reportaje que se centre en tu vida como vaquero, no como hijo de político. Si no piensas seguir los pasos de tu padre, es el medio perfecto para hacerlo saber.

–¿Y qué sacas tú de eso?

–Bueno, evidentemente me daría más visibilidad. Y quizá incluso un ascenso.

Preso de ira, Mitch se dio cuenta de que había caído en la trampa de una mujer que lo había provocado hasta hacerlo perder el control.

–Lo tenías todo planeado desde el principio, ¿verdad? Qué suerte tener la boda de Bobby y Stella como excusa.

Ella lo miró furiosa.

–Para tu información –le dijo–, la idea de pedirte una entrevista no se me ocurrió hasta que te vi entrar anoche en el bar.

La ira cegó de nuevo la capacidad de razonar de Mitch.

–¿Y qué fue lo de anoche, sexo a cambio de un artículo?

La expresión de Tori fue como si la hubiera abofeteado, aunque enseguida sus ojos castaños brillaron de rabia y cólera.

–Ni siquiera voy a contestarte a eso –dijo, asiendo el manillar de la puerta–. Olvídalo. Siento habértelo pedido. Siento lo que ha pasado.

Maldita sea, Mitch sabía que no estaba siendo justo. Tori no necesitaba un ataque tan agresivo. Y lo cierto era que él no quería que se fuera.

–Espera.

Ella titubeó, con la puerta entreabierta.

–¿Para qué? ¿Para que puedas arrastrarme más por el barro por haber elegido esta profesión?
–No, para disculparme.
–Disculpas aceptadas.
–Bien. Ahora cierra la puerta.
–¿Por qué?
–Porque necesito más detalles sobre tu propuesta.

Tori lo miró esperanzada, más contenta de lo que tenía derecho a estar.
–¿Entonces vas a considerarla?
–Estoy dispuesto a escuchar.

Tori cerró la puerta y se acomodó en la esquina de su asiento, apoyando la espalda en la puerta.
–Primero, yo te seguiría durante una semana, concentrándome en Mitch Warner, el granjero, y su vida. También es una oportunidad para mostrar un lado menos serio de tu personalidad, con cosas como lo que haces en tu tiempo libre, tus actividades favoritas, lo que más admiras en una mujer.
–La sinceridad.

Otra vez Tori sintió que la había abofeteado.
–Supongo que me lo merezco –dijo ella, apretando los labios–, pero de ahora en adelante prometo ser sincera contigo. De hecho, estoy dispuesta a dejarte ver el reportaje antes de su publicación, para que tú decidas.

A pesar de que a Mitch no le gustó que le ocultara su profesión, seguía sintiendo la fuerza de la atracción entre los dos, que no tenía pinta de desvanecerse en un futuro próximo. Y menos si ella pasaba toda una semana en su mundo.
–¿Y nosotros qué?
–¿Nosotros?
–Lo que hay entre nosotros.

Tori suspiró.

−Nuestra relación tendrá que ser estrictamente profesional.

−¿Y así esperas convencerme? −preguntó él, con escepticismo, arqueando una ceja.

Ella esbozó una sonrisa.

−Tendremos que ignorar lo que ha existido entre nosotros a nivel personal.

−¿De verdad lo crees posible? −dijo él, inclinándose hacia ella, sujetándole la barbilla y acariciándole el lado inferior con el pulgar.

−Sí −dijo ella, no muy convencida.

Los dedos de Mitch continuaron deslizándose por su garganta y dibujaron el contorno del escote del vestido, siguiendo el rastro que había dejado su boca unos minutos antes.

−¿Estás segura de que podrás ignorarlo? −preguntó él.

Esta vez le acarició un pecho con la mano, a través de la tela, y ella no pudo evitar un jadeo de excitación.

−Totalmente.

−Tienes el pezón duro.

−Hace frío.

−Mientes otra vez.

Tori le retiró la mano y la devolvió al regazo masculino.

−Soy mucho más fuerte de lo que crees. Si me dejas hacer el artículo, te lo demostraré.

Por segunda vez, Mitch se desplomó de espaldas contra el asiento y permaneció pensativo.

−Tengo que pensarlo.

−Bien. Mi avión sale mañana de Oklahoma City a las doce del mediodía, lo que significa que tengo que salir de aquí a las nueve. Si no estás en casa de

Stella, lo tomaré como un no, volveré a Dallas, y me olvidaré de todo esto.

Al margen de la entrevista, él nunca olvidaría lo sucedido entre ellos la noche anterior. Ni lo que estuvo a punto de suceder en ese momento. Mitch nunca la olvidaría.

–Está bien –aceptó él.

–Tenemos que volver adentro. Seguro que se están preguntando dónde estamos –dijo ella, señalando hacia el local con la cabeza.

–Como quieras.

–¿No entras? –preguntó Tori, con el ceño fruncido, al ver que él no se movía.

–No, me quedaré aquí un rato. Tengo que calmarme.

–Siento haberte enfadado tanto, no era mi intención.

–En este momento el enfado no es mi problema.

Tori bajó la mirada hasta el regazo masculino. A pesar de los pantalones de tela, el problema era más que evidente.

–Oh –murmuró ella, y apartó la vista.

–Oh, sí.

–Siento eso, también.

Lo único que sentía Mitch era no poder hacer nada al respecto, al menos con ella. Aunque quizá más adelante. Si accedía a hacer la entrevista.

Tenía mucho en qué pensar, no sólo en su propuesta sino también en lo mucho que le excitaba imaginar que estaban juntos en su cama. Tenía que decidir si merecía la pena tenerla tan cerca durante una semana.

¿A quién quería engañar? Claro que merecía la pena.

Al no obtener respuesta, Tori abrió la puerta y bajó.

–De verdad, espero verte mañana.

Las esperanzas de Tori empezaron a desvanecerse a las nueve y media de la mañana siguiente, cuando estaba lista para irse y Mitch todavía no había aparecido.

La noche anterior apenas lo había visto brevemente en el local después de la tensa conversación en el coche. Sólo se quedó al brindis por los novios, tras lo cual desapareció después de despedirse rápidamente de ella.

Y seguramente aquellos momentos serían los últimos, ya que ella no pensaba regresar a Quail Run hasta el nacimiento del hijo de Stella, y entonces podría organizar la visita para un solo día, y con un poco de suerte no se encontraría con él.

–Hora de irnos, Cenicienta. Me temo que el príncipe azul no va a aparecer. Si no nos damos prisa, perderás el avión.

La voz de Stella la sacó de su ensimismamiento y la devolvió a la realidad. Tori agarró la bolsa de viaje y se dirigió hacia la puerta.

Allí echó una última ojeada al interior de la casa donde apenas había dormido la noche anterior. Los ruidos, gritos y jadeos de la consumación oficial de la noche de bodas de Bobby y Stella no la inquietaron tanto como las imágenes de Mitch. Dudaba mucho de que aquellas imágenes se disiparan en un futuro próximo, incluso después de regresar a su rutina profesional habitual.

Tori abrió la puerta y salió al porche, y allí dio un traspié que casi le hizo dar con los huesos en el suelo. Apoyado en su pick-up, Mitch Warner tenía un aspecto tan atractivo a la luz del día como por la noche, pero el hombre no se movió ni habló, sólo la contempló. Tori fue hasta el coche de Stella a dejar la bolsa en el maletero, pensando que quizá su repentina aparición se debía a una visita amistosa, no a su propuesta de entrevista.

Por fin se acercó a él. Su aspecto era cansado y estaba sin afeitar, pero eso no aminoró en absoluto el impacto de su presencia en ella.

–Buenos días –le dijo, tratando de esbozar una sonrisa que no llegó a cuajar–. ¿Qué te trae por aquí?

–Creo que ya lo sabes –respondió él, igual de serio.

–¿La harás? –preguntó, refiriéndose a la entrevista.

Mitch se frotó la nuca con la mano, con gesto cansado. Tori estaba impaciente por conocer la respuesta.

–Sí, la haré –respondió, con un suspiro de resignación que ponía de manifiesto lo difícil que había sido llegar a esa decisión.

Tori tuvo que hacer un esfuerzo para no echarse en sus brazos y gritar de alegría.

–Estupendo. No te arrepentirás –dijo, conteniendo a duras penas una radiante sonrisa.

–Pero quiero dejar unas cuantas cosas claras.

Eso Tori se lo esperaba.

–De acuerdo.

–No quiero responder a muchas preguntas personales. Y tampoco quiero hablar sobre mi padre.

Tori suspiró y cruzó los brazos.

–Mitch, tendremos que hablar de él cuando mencionemos que no quieres asumir su papel en política.

–Puedes mencionarlo de pasada, pero no

quiero explicar por qué nos hemos visto tres veces en catorce años.

–¿Sólo tres veces? –preguntó Tori, la incredulidad reflejada en su tono de voz.

–Sí, y no pienso hablar más del asunto.

Los medios de comunicación habían especulado sobre la mala relación entre padre e hijo, pero Tori no tenía idea de lo mala que era. Hizo una nota mental para tratar la situación con extrema delicadeza.

–¿Algo más?

Mitch se echó hacia delante y apoyó una mano en el pick-up, cerca de la cadera femenina, la otra metida en el bolsillo de atrás del pantalón.

–Sí. No quiero que nuestra relación sea estrictamente profesional.

Teniéndolo tan cerca físicamente, Tori consideró la idea de aceptar la sugerencia, pero no era aconsejable.

–Es necesario que nos mantengamos en un plano profesional. Si no, puedo perder mi objetividad.

–Pero así sabrás muchas más cosas sobre lo que me gusta y lo que no, al menos entre las sábanas.

–No pienso meterme entre tus sábanas.

–Te gustarían.

–Compórtate, o tendré que replanteármelo.

Mitch se apartó de ella muy a su pesar.

–Si tengo que portarme como un caballero, lo haré –dijo.

Tori no creyó ni una palabra.

–Está bien. Si me das una hora, me instalaré en el motel y le diré a Stella que me lleve al rancho.

–De eso nada. El Quail Creek Inn es un motel inmundo, y creo que estarás mucho mejor en el rancho –ofreció él, metiéndose las manos en los bolsillos–. Tengo una casa grande.

No lo bastante para mantenerse alejada de él, decidió Tori.

Pero tampoco tenía coche y no podía pedirle a Stella que fuera su chofer durante toda la semana siguiente.

–Puedes quedarte con Bobby y conmigo –sugirió Stella, que acababa de salir de la casa y había escuchado la última parte de la conversación.

–Estará más cómoda en mi casa –insistió Mitch, dirigiendo una mirada fulminante a la esposa de su capataz–. Además, Bobby y tú estáis en vuestra luna de miel.

–Bobby y yo llevamos de luna de miel desde hace meses –le aseguró Stella–. Además, ahora que no trabajo, me encantará la compañía.

Mitch sintió ganas de estrangular a Stella, y decidió apurar el último cartucho.

–¿Qué decides, Tori? –preguntó, a modo de ultimátum–. ¿Mi casa o la de Stella?

–Eso –dijo Stella–. ¿Cuál de las dos?

Una vez descartado el motel, la única opción que no implicaba riesgos y tentaciones innecesarias era la de Stella.

–Me quedaré con Bobby y Stella.

–Entonces, en marcha –dijo Stella, abriendo la puerta del conductor–. Sube. Quiero estar allí cuando Bobby venga a comer.

Cuando Tori rodeó el coche, Mitch la siguió hasta su puerta y antes de que pudiera abrirla, él la detuvo con la palma de la mano en la ventana.

–Si te cansas de escuchar los arrumacos de Stella y Bobby, ven a mi casa. No te molestaré mucho.

Una hora después, cuando Tori terminó de hablar con su jefa en Dallas para informarle de que seguiría en Oklahoma una semana más, Mitch se acercó al porche de la casa de Bobby y Stella para invitarla a su casa y presentarle a su abuelo. Stella había entrado las bolsas y paquetes al interior de su nuevo hogar en el Rancho Independence.

–Lo conozco –dijo Tori–. Viví aquí hasta los dieciocho años.

–Entonces estoy seguro de que a él le encantará volver a verte –insistió él.

La casa de Mitch se alzaba a poca distancia de allí, y mientras caminaban por el sendero, Mitch le explicó que el rancho tenía unas mil quinientas hectáreas de terreno y que había pertenecido a la familia de su madre desde hacía cinco generaciones.

Cuando entraron en el salón principal, Tori miró a su alrededor, con admiración.

–Es una casa preciosa –comentó, mirando los altos techos y la enorme chimenea de piedra. Con gesto ausente, se acercó hasta el sofá de ante y lo acarició–. Qué suave.

–Como el terciopelo de anoche –dijo él, sin poder contenerse, al pensar en la mano femenina en su cuerpo.

–¿Dónde está tu abuelo? –preguntó ella.

–Supongo que no tardará en aparecer. No he visto su coche fuera.

Mitch no tenía ni idea de dónde podía estar Buck. Su coche no estaba fuera, y tampoco sabía cuándo regresaría, pero de momento había conseguido hacer entrar a Tori en su casa y no iba a desaprovechar la oportunidad. Se acercó a ella, la sujetó por la hebilla del cinturón y la atrajo hacia él.

–Mitch, tu abuelo...

Mitch atajó las protestas femeninas poniéndole un dedo sobre los labios.

–Olvídate de él –dijo él, a la vez que con la mano izquierda la apretaba contra él, pegando sus caderas hasta que no hubo ni un milímetro de separación entre ellos–. Ninguna mujer me ha hecho esto tan fácilmente.

Tori contuvo el aliento y trató de pensar con frialdad.

–Mitch, hemos dicho que no haríamos esto.

Él le acarició las nalgas con la mano, antes de subir por la espalda.

–Eso lo has dicho tú, yo no.

Tori se humedeció los labios, en opinión de Mitch un sutil y provocador gesto de aliento.

–¿Qué es lo que quieres de mí, Mitch Warner?

–Quiero besarte, pero sólo si me dices que sí.

Mitch vio la vacilación en los ojos femeninos inmediatamente antes de que se rindiera ante su insistencia y susurrara:

–Sí.

Mitch bajó la cabeza y le acarició suavemente una mejilla con los labios, después la otra, saboreando el momento antes de alcanzar el objetivo último...

–Vaya, mira lo que me ha traído mi nieto por mi cumpleaños –exclamó un fuerte vozarrón a su espalda.

Mitch dejó caer las manos a los lados y soltó un bufido de rabia y frustración.

Su abuelo, Buck Littleton, estaba resultando ser tan inoportuno como su capataz, Bobby Lehman.

Capítulo Cinco

El abuelo de Mitch resultó de lo más oportuno, o al menos eso pensó Tori cuando vio aparecer al hombre alto y delgado, de pelo canoso, amplio bigote y deshilachado sombrero de paja.

Mitch se hizo a un lado y la presentó.

–Buck, te presento a Tori Barnett. Antes vivía en Quail Run.

Buck se quitó el sombrero y asintió.

–Tu madre era Cindy Barnett, la hija de Calvin Barnett, ¿verdad?

Tori logró esbozar una sonrisa, a pesar de lo incómodo de la situación.

–Sí. Mi abuelo regentaba la gasolinera –respondió, preguntándose si Mitch se había percatado de que ella tenía el mismo apellido que su abuelo materno, una indicación inequívoca de que su madre nunca había contraído matrimonio con su padre.

–Tu madre cosía de vez en cuando para mi Sally –continuó Buck, rascándose el mentón–. Tu abuela era como un piloto de carreras con la máquina de coser. Incapaz de hacer una costura recta.

Los recuerdos del anciano devolvieron a Tori a un pasado que incluía un sinfín de penurias y tiempos difíciles. Pero su madre logró salir adelante con un gran esfuerzo y hacer de su hija una mujer respetable.

–Mi madre era una excelente costurera. La mejor del condado –dijo Tori.

–Lo último que supe de ti es que te fuiste a la universidad –dijo Buck–. ¿Has vuelto definitivamente?

–No. Ahora vivo y trabajo en Dallas.

–¿Y tu madre? –continuó preguntando Buck Littleton, con sincero interés–. ¿Qué tal le trata la vida?

–Sufrió un infarto y falleció hace poco más de un año.

El anciano apretó las manos sobre el ala del sombrero.

–Siento mucho oír eso. Era una buena mujer, por lo que yo recuerdo.

–Sí, lo era.

Mitch carraspeó, incómodo con la conversación.

–Tori está aquí para escribir un artículo sobre mí en una revista, Buck.

Buck abrió la boca con incredulidad, pero acto seguido volvió a cerrarla.

–Que me aspen. No sé cómo lo has convencido, Tori, pero no es asunto mío.

–Bien –dijo Mitch, y se volvió a Tori–. Ven conmigo y podemos empezar.

Tori no se atrevió a preguntar qué era lo que deseaba empezar, o seguramente terminar.

–Ha sido un placer volver a hablar con usted, señor Littleton. Si no le importa, algún día podemos hablar sobre su relación con Mitch. A nuestras lectoras les encantará saber cuál ha sido su influencia en su vida.

Buck soltó una risita.

–Eso es fácil. Yo le enseñé a beber cerveza, a usar el lazo y a seducir a una mujer. Y si se pasa un pelo, avísame, que yo lo pondré en su sitio.

Mitch tomó a Tori del codo.

–Vamos, Tori, antes de que empiece a contarnos más batallitas –dijo, dirigiendo una mirada fulminante a su abuelo, que lo contemplaba divertido.

Mitch la llevó hasta el fondo de un pasillo que tenía tres habitaciones a ambos lados. Todas eran muy amplias y estaban amuebladas tan sólo con los muebles más básicos. Al final del pasillo, entraron en un pequeño salón-biblioteca donde había una chimenea, unos muebles que habían visto mejores tiempos y una mesa de despacho con un ordenador y un montón de papeles desordenados encima. Las paredes estaban cubiertas de estanterías repletas de libros.

–Aquí me gusta pasar un rato por las noches después de trabajar –explicó Mitch, cerrando la puerta tras ellos–. Casi todo lo que hay aquí lo tengo desde hace muchos años.

Tori se sintió como entrando en su particular cueva del tesoro, consciente de que lo que allí había hablaba a voces de los gustos y las aficiones de Mitch. Recorrió las estanterías de libros con interés.

–Una colección de libros muy variada e interesante –comentó, mientras él seguía apoyado en la puerta, limitándose a observarla.

–Tengo gustos eclécticos.

Ecléctico. Otro rasgo del chico de Harvard. Mejor dicho, del hombre de Harvard. Muy hombre.

–Ya lo veo –dijo ella, trazando un sendero visual desde el estante superior donde había numerosos títulos del escritor de novelas del oeste Louis L´Amour hasta la de abajo, con varios libros de gestión empresarial.

Pero lo que llamó realmente su atención fue un volumen de poesía.

—Seguro que tienes esto para impresionar a las chicas —dijo ella, sacando el libro para mostrárselo.

Al volverse a mirarlo, Tori vio que Mitch se había acomodado en el sofá, con las piernas cruzadas, como si pensara estar allí un rato.

—Te equivocas —respondió él—. ¿Por qué crees que no me puede gustar la poesía?

—Es difícil de creer —dijo ella, apoyándose de espaldas contra los estantes y apretando el libro contra el pecho—. Demuéstralo. Nombra un poema...

—«Dos veces o tres te he amado, antes de conocer tu rostro o tu nombre. Bien en una voz, o en una llama informe. A menudo nos afectan los ángeles, y nosotros los amamos». John Donne, de *Aire y Ángeles*.

Tori se quedó sin voz y sin fuerzas para apartar los ojos de su intensa mirada. Por primera vez en mucho tiempo, no supo qué decir.

Él sonrió, aunque fue sólo un esbozo.

—¿Prueba suficiente?

—Ya lo creo —dijo ella. Colocó el libro en su sitio y volvió a mirarlo de nuevo—. Desde luego eres una caja de sorpresas. Estoy impresionada.

—¿Nunca has oído recitar poesía? —preguntó él.

No como a él, con una voz tan sincera, tan apasionada y tan masculina que los versos sonaban en sus labios como una invitación a la seducción.

—A mi madre le encantaban las canciones infantiles, si es que eso cuenta —respondió ella.

Mitch se levantó y se acercó a ella despacio.

—Éste era otro de los libros favoritos de mi madre —dijo él, ofreciéndole un libro bastante gastado.

Era una colección de cuentos infantiles, *La pe-*

queña locomotora que podía, con una dedicatoria de su madre en la primera página:

Mi querido niño:
Feliz primer cumpleaños. Nunca permitas que nadie te diga que no puedes. Te quiere, mamá.

–Me lo leyó todas las noches hasta que cumplí los ocho años y decidió que ya era bastante mayor para leérmelo otra vez –dijo él, con un tono de tristeza en la voz–. A ella le debo buena parte de lo que soy.

Una mezcla de emociones recorrió el cuerpo de Tori. Le halagaba pensar que Mitch había compartido con ella algo tan especial. El recuerdo de su propia madre la entristeció.

–Mi madre también contribuyó a mi éxito. Siempre estuvo a mi lado y me apoyó en todo.

–Yo todavía echo de menos a la mía, y han pasado casi quince años desde su muerte.

Tori reconoció que aquél era el motivo de Mitch para compartir, para hacerle saber que entendía su pérdida y su dolor. Un punto de conexión entre los dos. Algo en común. Si no tenía cuidado, se iba a enamorar de aquel hombre con toda su alma.

–¿Y tu padre?

–No está en mi vida. Por mí, adiós y buen viaje.

–Lo siento –dijo ella.

–Yo no –dijo él, acercándose peligrosamente a ella. Apoyó una mano en la estantería, encima de su cabeza–. Pero ya te dije que no quería preguntas sobre él. Ahora quiero enseñarte un sitio.

Tori no sabía a qué se refería, y sospechó que podía ser el dormitorio que había mencionado varias veces.

–No será al final del pasillo, ¿verdad?

Mitch sonrió, sarcástico.

–Si quieres verlo, será un placer enseñártelo cuando quieras. Sólo tienes que decirlo.

¡Cómo deseaba decirlo!, pensó Tori. Cuando lo tenía tan cerca, sólo quería meterse en su cama y quedarse allí con él el resto del día y toda la noche.

–Gracias por la invitación, pero no. Dime exactamente dónde quieres llevarme.

–A un lugar que tiene que ver tanto con el trabajo como con el sexo.

–Aquí es donde recogemos el semen de los toros.

Si Mitch esperaba de Tori una reacción escandalizada como había ocurrido con Mary Alice el día que le mostró la zona dedicada a la extracción de semen para inseminación artificial, se equivocó. Tori no sólo no se escandalizó, sino que con sus preguntas le demostró estar bastante bien informada sobre el tema. Incluso utilizaba la misma terminología que él.

–Trabajé en un rancho de cría de caballos cuando estaba en la universidad. Allí aprendí a recoger semen, y aunque no puedo decir que me encantara, aprendí un montón, entre otras cosas a tener cuidado con un semental caliente después de oler a una yegua en celo.

Aunque Mitch estaba acostumbrado a utilizar ese tipo de términos, le sorprendió escucharlos en boca de Tori, una mujer cuyo rostro era la personificación misma de la inocencia. Además, teniendo en cuenta cómo ella le hacía sentir, no necesitaba escuchar palabras como «montar», «caliente» y «en celo».

Después la llevó a su despacho, donde continuó explicando las operaciones que llevaban a cabo en el rancho, entre ellas venta de semen de sus mejores ejemplares para inseminación artificial a criadores de todo el país.

Este despacho estaba impecablemente ordenado, al contrario que el salón-biblioteca de la casa, con una decoración totalmente funcional y los últimos adelantos tecnológicos. Desde una pequeña ventana del despacho se divisaba el corral donde estaba el caballo favorito de Mitch, Ray.

Mitch empezó a hablarle de su animal favorito, pero cada vez le costaba más concentrarse en sus explicaciones. Cada vez que Tori lo miraba, Mitch sentía que le ardía la sangre en las venas, por no mencionar cada vez que se mordisqueaba el labio inferior. ¿Qué demonios le pasaba? ¿No podía estar quince minutos con ella sin desear llevarla a la cama? Un hombre de treinta y tres años debería saber controlarse mejor con una mujer que apenas conocía, aunque tuviera la sensación de conocerla desde siempre.

–Parece estar muy en forma –comentó Tori, asomándose por la ventana.

«Y tú también», pensó Mitch, haciendo un recorrido visual por la espalda y las nalgas femeninas. Tori tenía un cuerpo espectacular que a él le estaba provocando una presión insoportable bajo la hebilla del pantalón.

Por eso prefirió dar por terminada la entrevista y enviarla a descansar con Stella, con la excusa de que tenía que trabajar.

–¿Puedo quedarme un rato viéndote? –preguntó ella.

–No –respondió él, tajante–. Si te quedas aquí no me podré concentrar.

–Te prometo estar callada.

Pero él no estaba seguro de ser capaz de reprimirse durante mucho más rato.

–No tienes que hacer nada para distraerme, Tori. Tu sola presencia me vuelve loco –admitió, en un ronco susurro.

–No olvidaré apuntar en mis notas que eres un hombre muy halagador.

Mitch pensó que ella no era consciente de su belleza, y eso le resultó encantador.

–No soy un hombre de cumplidos, Tori, así que acéptalos con elegancia y vete un rato con Stella –dijo, «si no quieres que acabe de perder el control», añadió para sus adentros–. Te veré más tarde.

Tori hizo una mueca de resignación con los labios.

–De acuerdo –dijo–. De todas maneras tengo que preparar la cámara.

–¿La cámara?

–Sí, la traje para la boda, pero no he hecho ni una foto.

Maldita sea, él no había contado con eso.

–¿Piensas hacerme fotos?

–Claro. Unas cuantas fotos inocentes de ti y el rancho. Y por si te preocupa, he hecho muchos cursos de fotografía, y no se me da nada mal.

–De eso estoy seguro.

A Mitch no le cabía la menor duda de que era buena en todo lo que se propusiera.

–Normalmente para este tipo de trabajos me acompaña un fotógrafo, pero he pensado que no querrás a nadie más en esto. Eso significa que tienes que aguantarme a mí.

Lo curioso era que a Mitch le hubiera encantado aguantarla. Aguantar su cuerpo contra el suyo, y no despegarse de ella hasta escucharla gimiendo de pasión. Para ser un hombre que siempre se había preciado de un fuerte autocontrol, estaba al borde de echar por tierra su reputación.

Se dejó caer en el sillón y entrelazó las manos detrás de la cabeza.

–Vete de una vez, Tori, antes de...

–¿Antes de qué?

Antes de que cambiara de idea, cerrara la puerta con llave e intentara seducirla una vez más.

–Antes de que llegue la hora de cenar y no haya hecho nada.

–Oh, pero has conseguido mucho.

–¿A qué te refieres? –preguntó él, frunciendo el ceño.

–Has pasado los últimos veinte minutos sin intentar besarme. Y no ha sido tan difícil, ¿verdad?

Él se inclinó hacia delante y clavó los ojos en ella.

–No tienes ni idea de lo difícil que ha sido.

Ni de lo difícil que seguiría siendo mientras la deseara con tanta intensidad, lo que podía durar bastante tiempo.

La cena con Bobby y Stella fue agradable, aunque Tori no podía decir lo mismo del concierto de gemidos, exclamaciones y golpes contra la pared que siguió al postre en el dormitorio contiguo al suyo.

Tori se cubrió la cara con las manos, después la cabeza con la almohada, y trató de no pensar que en ese momento podría estar en la cama de Mitch, disfrutando de su propio festín. De hecho, estaba empezando a plantearse por qué luchaba tan denodadamente contra la atracción que sentía hacia él, y que no tenía nada que ver con el artículo.

En realidad, su resistencia tenía más que ver con el temor a enamorarse de él. Mitch no era hombre de compromisos, y aunque había pasado nueve años con una única mujer, nunca la había pedido el matrimonio.

Los ruidos y exclamaciones continuaron al otro lado de la pared, y sin poder soportarlo más, Tori se levantó de la cama y se puso la bata y las ridículas zapatillas con cabeza de gorila que Stella le había regalado por ser su dama de honor. Las otras dos damas de honor habían recibido ranas y cerdos, por lo que Tori se dijo que en el fondo no le había ido tan mal.

El suelo crujió bajo sus pies mientras caminaba a tientas por el pasillo, sorteando las cajas diseminadas por toda la casa. Al llegar a la puerta, tomó su cazadora y salió al porche.

–Pensé que no tardarías en salir.

Con el corazón atravesado en la garganta, Tori se volvió hacia el sonido de la voz grave y sensual y encontró la silueta en penumbra que se recortaba sobre la mecedora del porche.

–Dios, Mitch, qué susto me has dado.

–Perdona, no era mi intención. No podía dormir.

–¿Y has venido hasta aquí para aliviar el insomnio?

–Pensé que tarde o temprano necesitarías compañía. Conociendo las costumbres de Bobby y Stella, estaba seguro de que no tardarían en echarte de la casa –continuó él–. Aunque si hubieras querido quedarte en mi casa, ahora no tendrías que estar en medio del campo en camisón.

Desde luego era un hombre tenaz, se dijo Tori.

Lo peor era que Mitch tenía razón. Las ruidosas y apasionadas costumbres de la pareja de recién casados podían dejarla sin dormir muchas noches, y no estaba segura de ser capaz de soportarlo.

—¿Tendría mi propia habitación? —preguntó ella, con recelo.

—No creerás que pensaba hacerte dormir con Buck.

—Eso ni se me había pasado por la cabeza.

—Pero sí que te ofrecía mi habitación, ¿eh? —dijo él. Y añadió, arrastrando sensualmente las palabras—. Aunque debo admitir que lo he pensado.

Varias veces y con todo lujo de detalles, recordó para sus adentros la noche que estuvo con ella.

—Pero puedes instalarte en el dormitorio que hay en el otro extremo de la casa.

—No sé si es una buena idea.

—¿Prefieres pasarte la semana escuchando a esos dos? —preguntó Mitch con impaciencia.

No, por supuesto que no, pero Tori no estaba segura de poder confiar en que él no continuara con sus intentos de hacerle el amor, y mucho menos en su capacidad para resistirse.

—Tori —dijo él, poniéndose en pie delante de ella—, te juro solemnemente que no te haré nada. Nada que tú no quieras.

Pero ella quería, y ése era el problema. Sin embargo, no se creía capaz de soportar otra noche más de ruidos continuos de sexo que no tenían nada que ver con ella. Mejor estaría con Mitch.

—Está bien. Voy a buscar un par de cosas y dormiré allí esta noche.

—¿Sólo esta noche?

—Eso depende.

—¿De qué?

—De cómo te comportes.

—La puerta tiene cerrojo. Así podrás estar segura de que no te molestaré mientras duermes.

Como era de esperar, él no dijo nada de hacer lo mismo mientras ella no estuviera durmiendo.

—Es aquí –dijo Mitch, abriendo la puerta y encendiendo la luz–. Nada especial, pero tiene cuarto de baño.

Tori entró y dejó la bolsa al pie de la cama, todavía enfundada en la cazadora y el camisón. Cuando la luz de la lámpara iluminó el camisón azul celeste, Mitch vio el perfil de sus piernas bajo la tela. Mejor no mirar si pensaba volver a su habitación y dormir.

—Puedes colgar aquí tus cosas –dijo, señalando la puerta del armario.

—No tengo mucha ropa. Sólo pensaba estar aquí un par de días –explicó ella, estirando los brazos y desperezándose–. Mañana le pediré algo de ropa a Stella.

El movimiento hizo que se le abriera la cazadora, revelando la silueta de los senos y los círculos oscuros de los pezones.

Si Mitch no se iba de ahí cuanto antes, no sería responsable de sus actos.

—Si no necesitas nada más, me iré a mi habitación. La habitación de Buck está un par de puertas más allá, pero no te molestará.

—La verdad es que necesito una cosa más de ti –dijo ella, sentándose en la cama e indicándole que se sentara a su lado–. Ven aquí. Pero sólo quiero hablar, así que quítate esa expresión de la cara.

—¿Que expresión?

—Esa que pones siempre que piensas en ciertas cosas.

Así se hace, Mitch, pensó él. Igual que si llevara «Te deseo, Tori» tatuado en la frente.

–Está bien, no te miraré –dijo él, pero no se sentó a su lado–. Prefiero quedarme de pie mientras hablas.

–He estado pensando en nosotros, en nuestra relación, y creo que debemos volver atrás y empezar desde el principio, como amigos. A lo mejor así no nos sentiremos tentados a saltar al siguiente paso.

Mitch la miró incrédulo. Él no quería volver atrás. No quería arrepentirse ni se arrepentía de un solo segundo de los que había pasado con ella.

–Ya hemos saltado al siguiente paso, Tori. No podemos volver atrás –le recordó él.

–Es cuestión de mentalizarse, Mitch –insistió ella, optimista–. Además, creo que tenemos unas cuantas cosas en común, una buena base para una amistad.

Mitch podía pensar en una muy especial: su compenetración en la cama. O al menos en la parte trasera de un pick-up.

–¿Qué cosas?

–Los dos perdimos a nuestra madre.

–Cierto.

Saber que Tori había sufrido lo mismo que él le había hecho sentirse más cerca de ella.

–¿Qué más?

–A los dos nos gusta bailar.

–Los amigos no bailan, o al menos tan pegados como nosotros. Vas a tener que encontrar algo mejor.

Tori quedó en silencio un momento y después chasqueó los dedos y, señaló:

–Ya lo sé. Los dos sabemos sobre inseminación artificial.

Mitch no pudo evitar sonreír.

–Sí, cierto.

–Ya sabes a qué me refiero –dijo ella–. Creo que si alimentamos nuestra amistad, cuando me vaya los dos nos sentiremos mejor.

En otras palabras, Tori estaba diciendo que de él no quería nada más que amistad. Pero eso a Mitch no le bastaba.

–Nunca he sido amigo de ninguna mujer.

–¿Ni de Mary Alice?

Mitch hubiera preferido no oír mencionar aquel nombre.

–Quizá hace años, cuando éramos más jóvenes. Pero hace tiempo que prácticamente no hablábamos. Lo nuestro debió haber terminado hace mucho tiempo –explicó.

Tori se echó hacia atrás, apoyándose en los codos doblados, echando los pechos hacia delante y haciendo que Mitch se sintiera más incómodo todavía.

–¿Por qué rompisteis después de nueve años? –preguntó.

Tampoco estaba seguro de querer hablar de eso, pero sería mejor que Tori supiera que su opinión sobre el tema no iba a cambiar.

–Ella quería casarse y el matrimonio no es una opción que entre en mis planes –dijo él, con total sinceridad.

–¿La amabas? –preguntó ella, e inmediatamente se arrepintió de hacerlo–. No importa. No es asunto mío.

No, no lo era, pero Mitch quería que supiera la verdad de su relación con Mary Alice. Arriesgándose como pocas veces, Mitch se sentó en el borde del colchón, y mantuvo las manos entrelazadas entre las rodillas separadas.

–Ella no me quería exactamente a mí. Quería mi dinero y mi nombre. Siempre fue así. Cuando vio que no conseguiría dominarme, buscó a otro. Brady Stevens.

–Es un buen partido.

–Sí. Siempre me ha recordado a una perca anémica.

Tori se echó a reír, primero con una risita contenida que fue creciendo hasta convertirse en una carcajada. Mitch no pudo evitar romper en carcajadas también.

–Es más de la una –dijo por fin Mitch, levantándose de la cama–. Los dos tenemos que dormir. Pensar en nuestra amistad.

Cuando no estuviera pensando en hacerle el amor.

–No será tan difícil, te lo prometo. De hecho, te lo demostraré.

Y tomando a Mitch desprevenido, se levantó de la cama y lo rodeó con los brazos.

–¿Lo ves? Nos estamos abrazando y nada más.

Él se mantuvo quieto e inmóvil como un poste, con los brazos colgando a los lados. En ese momento, sólo le faltó una décima de segundo para abrazarla, tumbarla en la cama y hacer lo que tanto deseaba hacer.

Tori se puso de puntillas y lo besó en la mejilla.

–Buenas noches, Mitch. Dulces sueños.

El sueño más dulce estaba en sus brazos, pero ahora no haría nada. Si Tori quería amistad, él sería su amigo. Al menos por esa noche. Le retiró los mechones de pelo de la cara y la besó en la frente.

–Buenas noches, Tori.

Ninguno de los dos se separó. Y la verdadera sorpresa llegó cuando Tori, que hacía unos momentos había insistido sólo en una relación de amistad, lo sujetó por el cuello y pegó su boca a la de ella.

Como beso, no tenía nada que ver con la amistad. Y mucho con el deseo y la necesidad. Fue un beso apasionado, intenso, y Mitch se sintió morir al no poder ir más allá.

Tori fue la primera que se separó, y Mitch alzó las palmas de las manos.

–Eso no ha sido culpa mía.

Tori se deslizó ambas manos por la melena castaña.

–Lo sé, ha sido mía. No volverá a ocurrir.

Mitch se dirigió hacia la puerta, pero antes de salir, se volvió hacia ella, y dijo:

–Tú sigue repitiéndote eso, Tori. A lo mejor terminas por creerlo.

Capítulo Seis

No podía creer que había sido tan estúpida.
Ése fue el primer pensamiento de Tori cuando los rayos del sol, entrando por la ventana, le dieron en la cara y la despertaron. ¿Por qué le besó después de insistir tanto en establecer sólo una relación de amistad?

Rodando a un lado, miró el reloj, y se puso en pie de un salto. Eran casi las doce del mediodía. ¿Por qué no le había despertado Mitch? Probablemente porque estaba resuelto a evitarla, después de su comportamiento la noche anterior. Y no podía reprochárselo. Aunque por otro lado, no pensaba permitírselo. El trabajo era lo primero.

Tras una ducha rápida, se vistió y salió corriendo del dormitorio, primero a la cocina, donde sólo había dos tazas vacías de café, y después a los establos, donde esperaba encontrar a Mitch.

Cerca del establo, Tori vio varios hombres montados a caballo charlando entre sí. Uno de ellos era Mitch Warner.

Tenía una mano apoyada en la silla, mientras la otra descansaba sobre el muslo enfundado en un par de desgastados vaqueros. Llevaba un sombrero negro y un par de botas también desgastadas, y se movía con una seguridad y un aplomo que no se podía ignorar, incluso a aquella distancia. Tori sintió no tener la cámara consigo, porque aquella imagen valía mucho más que mil palabras.

Mitch Warner era un espectacular ejemplar que simbolizaba la grandeza del antiguo Oeste y que poseía un magnetismo innegable.

Mitch Warner era eso y mucho más.

Tori trató de ignorar la repentina oleada de calor que la recorrió, los embriagadores escalofríos, la pasión que sentía por él. Su razón le dijo que lo mejor sería regresar a casa de Stella y esperar a verlo más tarde, pero su corazón sabía que no podía irse. Todavía no. Tenía que quedarse un poco más.

En ese momento, vio a Buck acercarse a ella con una sonrisa.

–Hola, jovencita.

–Hola, Buck. ¿Qué están haciendo, marcar a las reses? –preguntó Tori, señalando con la cabeza al grupo de hombres que todavía no había advertido su presencia.

–No, llevan toda la mañana jugando a echar el lazo. La verdad es que hoy no hay mucho que hacer. Mitch emplea a todos los que puede a tiempo completo, aunque hay épocas en las que tendría suficiente con la mitad.

Tori estudió el grupo de hombres que se había reunido alrededor de los caballos, y se fijó especialmente en el joven de pelo largo y dorado montado a caballo junto a Mitch. Un detalle le llamó la atención: le faltaba un brazo.

–¿Trabaja aquí? –preguntó a Buck, señalando al joven vaquero.

–Sí, lo llamamos Bandido. Es un buen muchacho –dijo el anciano–. Cuando Gus venía aquí de vacaciones en verano, Bandido era un crío que lo seguía por todas partes como un cachorro. A los dieciséis años Rand perdió el brazo y Gus lo adoptó, más o menos, y le enseñó a usar el lazo con una mano y los dientes. Quería ser veterinario de caballos, e incluso fue a la universidad, pero no terminó. Supongo que las dificultades serían enormes.

Tori pensó que su historia sería un buen reportaje, pero ahora tenía que concentrarse en el artículo que tenía entre manos.

Estaba empezando a entender por qué Mitch tenía tanto cariño a su abuelo. Buck era un hombre llano y sincero, con un corazón de oro, y era evidente que su nieto había heredado algunos de sus rasgos, teniendo en cuenta su inclinación a ayudar a las personas más débiles. A eso debió referirse Mary Alice al comentar con infinito desprecio que Mitch era amable con la gente menos pudiente. Siguió con los ojos el recorrido de Mitch a caballo, sujetando y lanzando el lazo con absoluta maestría.

Apenas se dio cuenta de que Buck acababa de decir algo, pero no lo escuchó.

–¿Qué?
–He dicho que es un buen hombre –repitió el anciano.
–Estoy segura de que lo es.
Sabía que lo era.
–Sólo necesita una buena mujer.

Tori continuó observando a Mitch haciendo un esfuerzo para ocultar el efecto que el comentario tuvo en ella.

–Estoy segura de que la encontrará.
–Empiezo a dudarlo. Ha malgastado diez años con la mujer equivocada.

Sólo entonces se volvió a mirarlo.

–¿Le decepcionó que las cosas no salieran bien entre Mary Alice y él?
–No, en absoluto. Esa mujer es demasiado re-

milgada y superficial. Gus necesita alguien que lo entienda. Aunque por aquí no hay muchas chicas donde elegir.

Tori volvió a dirigir su atención hacia Mitch.

–Estoy segura de que eso es cierto. Es una ciudad pequeña.

Sintió los ojos de Buck clavados en ella, estudiándola en silencio.

–¿Cuánto tiempo piensas quedarte?

–Hasta el domingo.

–¿Puedo convencerte para que te quedes más?

Tori lo miró de soslayo y sonrió.

–Tengo un trabajo y una casa esperándome en Dallas.

–¿Tienes novio?

Tori apoyó un hombro en la valla de madera y se volvió a mirarlo.

–Venga, Buck, es usted demasiado joven para mí.

En su sonrisa, Tori vio el gran parecido con su nieto.

–Sí, pero tú no eres demasiado mayor para Gus. Él necesita una mujer como tú –confesó él, con la sabiduría que le daban los años.

–Apenas me conoce.

–Te conozco lo suficiente, Tori. Eres como él. Eres inteligente, y supiste mantenerte en tu sitio cuándo la gente no era tan amable contigo.

–¿Por qué cree que la gente no era amable conmigo?

–Sé lo de tu madre y que nunca se casó. He oído rumores, pero nunca me ha gustado juzgar a la gente. Nunca se puede juzgar a una persona hasta que no se anda en sus zapatos.

Tori bajó los ojos y estudió la hierba seca bajo sus pies. Ojalá todo Quail Run hubiera pensado lo mismo hacía veinte años.

–No fue todo malo. Tengo algunos recuerdos maravillosos –admitió ella–. Pero mi vida ha cambiado y no pienso volver a vivir aquí de manera permanente.

–Esta ciudad no es tan terrible si tienes a alguien que te apoye cuando las cosas se ponen difíciles.

El grupo de hombres se diseminó en distintas direcciones mientras Mitch desmontaba y echaba a caminar hacia el establo. Tori vio la oportunidad para terminar con los intentos de Buck de buscar novia a su nieto. Le dio una palmadita en el hombro y sonrió.

–Ahora tengo que trabajar un poco. Supongo que le veré más tarde.

–Ven conmigo a la feria si mi nieto no te lleva.

–¿Feria?

–La feria anual de la cosecha. Seguro que te acuerdas. Se celebra todos los años en octubre, y termina con el rodeo este fin de semana.

Una vez más, las palabras del anciano devolvieron a Tori al pasado. Claro que recordaba el rodeo de octubre. Si algo sabía de su pasado, era que fue concebida después de aquel rodeo hacía veintiocho años, y que su padre había sido uno de los vaqueros participantes.

–Me acuerdo, pero no había pensado en ir.

–Tienes que ir. La mejor barbacoa y la mejor cerveza del estado. Aunque yo ni la pruebo, claro.

Tori sonrió.

–¿No esperará que me crea eso?

–No, pero sí necesito que creas una cosa –dijo, y señaló hacia el establo–. A ese chico le has dado muy fuerte.

A Tori no se le ocurrió ninguna respuesta, por lo que se limitó a despedirse y alejarse en busca de Mitch.

¿Que a Mitch le había dado fuerte? No lo creía. Quizá su cuerpo, pero nada más. Por otro lado, a ella estaba empezando a darle fuerte de verdad, y eso ya no era tan bueno.

Pero podría serlo, si ella continuaba debilitándose en su presencia.

Después de lavar a Ray, Mitch salió del box y encontró a Tori apoyada en la pared de enfrente. Llevaba el pelo recogido en una cola de caballo, una camiseta que parecía recuperada de una planta de reciclaje y unos vaqueros que le quedaban enormes, seguramente prestados de Stella. Pero si no era la mujer más bella que había visto en su vida, se comería las riendas del caballo para cenar.

–Hola, ¿puedes dedicarme unos minutos? –preguntó ella, alzando la mano.

Podía dedicarle unos minutos y unas horas si reconociera de una vez por todas que el deseo era mutuo. Lo veía en los ojos oscuros de ella, lo sentía en sus huesos. La pasión entre ellos era tan evidente que quemaba.

–Claro. Podemos ir a mi despacho –dijo él.

Tori lo siguió, manteniendo una distancia prudente incluso dentro del despacho. No se percató de que Mitch había cerrado la puerta con cerrojo, pero de haberlo hecho, él le habría dicho que era para evitar que cualquiera entrara e interrumpiera la entrevista. Sonaba razonable, aunque un poco exagerado. Mitch había estado toda la noche sin pegar ojo, deseándola con todo su ser y sabiendo que su deseo no se aplacaría hasta hacerle de nuevo el amor, esta vez con lenta precisión, hasta convencerla de que satisfacer sus necesidades mutuas era algo totalmente natural.

Tori cruzó los brazos, mientras él se sentaba detrás de su mesa, a la espera.

–Quiero disculparme por mi comportamiento de anoche.

Mitch estaba cansado de escuchar y ofrecer disculpas, cansado de luchar contra la atracción que sentían.

–¿Cuándo se va a acabar, Tori?

–No volverá a ocurrir.

–Me refiero a las disculpas por desearnos mutuamente. Creo que ya es hora de que dejemos de disculparnos y aceptemos que esto es más fuerte que nosotros.

–Eso no es cierto, Mitch. Somos bastante mayores para saber controlarnos.

Mitch se levantó y se acercó a ella.

–¿Estás segura de que puedes controlar lo que deseas ahora, sabiendo que estamos solos y que podemos hacer lo que queramos, sin que nadie se entere?

–Sí –dijo ella, dándole la espalda.

Tori se acercó a la ventana, pero Mitch vio la incertidumbre en su rostro, el deseo en sus ojos.

Fue hasta ella y esta vez no se reprimió. No pudo. Rodeándole la cintura con los brazos, la atrajo contra él. Tori no se resistió, pero tampoco se relajó.

–No te creo, Tori. Creo que en este momento estás a punto de arder de deseo, igual que yo –aseguró él, deslizando la mano por el interior de los vaqueros hasta encontrar el borde de la tela de encaje.

–Mitch, no podemos –gimió ella, echando la cabeza hacia atrás y apoyándola en su hombro, con un gesto que desmentía rotundamente su protesta.

La mano de Mitch descendió aún más, por debajo del encaje.

–Tú no tienes que hacer nada, Tori. Sólo disfrutar.

Un gemido escapó de la boca femenina al sentir los dedos masculinos buscando el lugar que aseguraría su más intenso placer.

–Estás ardiendo, Tori –dijo él, mientras la acariciaba íntimamente con los dedos, con movimientos lentos y seguros.

Unos golpes en la puerta los sobresaltaron, y Tori le arrancó la mano de debajo de los pantalones y se apartó de él.

–Eh, Mitch, ¿estás ahí?

Mitch fue hasta su mesa, apoyó las palmas en el borde y bajó la cabeza.

–Sí, Bob. Estoy aquí –respondió, con resignación.

–¿Está Tori contigo?

–Sí –respondió ella, con voz pastosa–. Estamos hablando.

Bobby soltó una risita.

–Vale. Stella ha preparado la comida. Cuando termines de hablar con Mitch ven a casa.

–Irá en un minuto, Bob –respondió Mitch por ella.

–Si sólo te va a llevar un minuto, Mitch, creo que tú también necesitas comer algo para tener un poco más de aguante.

Un comentario más y Mitch tendría más que palabras con su capataz.

–Lárgate de una vez, Bob.

–Ya me voy, jefe. Tómate tu tiempo, Tori –dijo Bobby, y se alejó riendo a carcajadas.

–Mitch, yo...

–No lo digas, Tori. No te atrevas a decir que lo sientes.

–Iba a decir que estoy perdiendo la razón –dijo ella–. Tienes razón, quizá esto es más fuerte que nosotros.

–¿Y qué vamos a hacer al respecto? –preguntó

él, aunque sabía perfectamente qué era lo que deseaba hacer: llevarla a la casa y a su cama.

–En este momento, voy a ir a comer, y después me sentaré a escribir algunas notas –dijo ella, tras vacilar unos segundos.

–¿Y después? ¿Por la noche?

–Tu abuelo me ha invitado a la feria esta tarde.

Mitch había olvidado totalmente el acontecimiento al que había asistido religiosamente durante los últimos diez años.

–Olvídate de Buck. Yo iré contigo –dijo él–. Necesitarás protección de todos los vaqueros del condado. A esta ciudad no suelen venir mujeres tan guapas como tú.

–¿Y quién me protegerá de ti?

¿Acaso pensaba que necesitaba protección de él?, pensó Mitch.

–No te preocupes por eso. Seré todo un caballero –le aseguró él.

Tori se acercó a él, le colocó el collar de la camisa y después le dio unas palmaditas en el pecho.

–Podemos considerarlo una cita amistosa.

–¿Una cita?

La última cita de Mitch había sido un desastre: cena con Mary Alice y su padre, en la que Clyde Marshall se pasó la velada echándole el humo a la cara y tratando de convencerle de las ventajas de entrar a formar parte de su familia.

–Más de uno se escandalizará si te ven colgada de mi brazo.

Tori se puso seria inmediatamente.

–Nadie tiene que saber que es una cita, Mitch, si eso es lo que te preocupa.

–Lo que piensen los demás no me preocupa.

–No sería tan raro, teniendo en cuenta que irás conmigo.

Mitch no entendió a qué venía aquel comentario.

–No sé de qué me hablas, Tori.

Tori suspiró.

–Cuando era más joven, la gente pensaba que como mi madre me tuvo sin casarse, yo seguiría automáticamente sus pasos. Tuve que escucharlo muchas veces antes de irme de esta ciudad. Por eso no salía con nadie. Nunca di a nadie motivos para pensar que no era más que una buena chica sólo interesada en estudiar.

Ahora empezaba a entenderlo, pensó Mitch. Por un lado, Tori era la periodista profesional y segura de sí misma. Pero a un nivel más profundo, seguía siendo la adolescente vulnerable tratando de caminar con la cabeza alta en una sociedad pueblerina como la de Quail Run.

–¿Estás diciendo que quizá yo no quiera que me vean contigo porque la gente pensará que te acuestas conmigo?

–Más o menos.

–Tori, no tienes que demostrar nada, ni a mí ni a nadie. Lo que pase entre nosotros es asunto nuestro, y de nadie más. Eso no te convierte en una mala persona –dijo él, y le levantó la barbilla–. Para mí será un honor ir a tu lado.

La sonrisa de Tori iluminó el despacho, y también algo en el interior de Mitch.

–Bien –dijo ella–. Ahora vamos a trabajar, y después a la feria. ¿A qué hora?

–A las siete. Yo iré a recogerte.

La sonrisa de Tori se marchitó con incertidumbre.

–¿Estás seguro de que quieres ir conmigo? Siempre puedo ir con Stella y Bobby, o con Buck.

–Si no quisiera no lo haría –dijo él, dándole un

beso en la mejilla–. Nunca hago nada que no quiero hacer.

Aunque no quería sentir lo que sentía por ella, pero por lo visto en ese asunto tenía poca elección.

Tori se alejó hacia la puerta y la abrió.

–Y otra cosa –le recordó él antes de salir–. Los dos sabemos que lo que hay entre nosotros no va a cambiar en un futuro próximo.

Cuando Tori salió y cerró la puerta, Mitch se dejó caer en la silla y apoyó la cabeza en las manos. No pudo evitar pensar si su comportamiento, su incontrolado deseo por ella, la había hecho pensar que él no veía en ella más que un blanco fácil, debido al pasado de su madre. Nada más lejos de la verdad.

Tori Barnett era una mujer sexy e inteligente, una mujer excepcional, con la que él se había abierto más que con ninguna otra mujer. Ella había empezado a derretir sus barreras emocionales, y aunque eso lo inquietaba, no podía ignorar la antelación que sentía cada vez que la veía entrar en un sitio, y eso tenía poco que ver con el sexo, por muy reticente que fuera a admitirlo.

Sería con ella el caballero que su madre le había enseñado a ser. Entretanto, se recordaría que ella pronto volvería a su vida en Dallas y no la volvería a ver.

Aún les quedaban seis días juntos, y aunque no volvieran a hacer el amor, Mitch siempre recordaría el tiempo que había pasado con Tori Barnett.

Capítulo Siete

La feria había llenado las calles de la ciudad de puestos y de gentes venidas de varios condados a la redonda, igual que ocurría cuando Tori era joven. En aquella época, Tori asistía con sus amigas, pero nunca del brazo de un chico. Nunca se había sentado en una manta en el prado con un chico a ver los fuegos artificiales, ni tampoco nunca había besado a nadie en la noria.

Pero eso no eran más que sueños de adolescente que nunca se hicieron realidad. Sin embargo, aquella noche ella estaba disfrutando de la compañía de un hombre de ensueño, vestido con una camisa azul claro, unos vaqueros que dejaban adivinar perfectamente sus atributos y un sombrero de fieltro marrón que le daba todo el aspecto de un consumado vaquero.

Sí, aquella noche Tori caminaba junto a Mitch Warner, que no paraba de saludar y estrechar la mano a muchos de los allí presentes. Sus raíces políticas eran evidentes, aunque no le gustara admitirlo.

En ese momento, Tori estaba en la acera, delante de la ferretería, esperando mientras Mitch hablaba con Lanham Farley, el alcalde de la ciudad, y observando a la gente. Tenía que admitir que había una gran excitación en el aire, cargado de los gritos y las risas de las atracciones situadas en un solar vacío al final de la calle, el mismo solar que antiguamente se utilizaba para las subastas de ganado, antes de que las operaciones se concentraran en ciudades más importantes.

–Vaya, vaya, veo que te has quedado por aquí.

Tori miró a la derecha y vio a Mary Alice Marshall, con unos ceñidísimos pantalones vaqueros y los labios pintados de rojo vivo. La melena larga y rubia, con unos rizos perfectos que se asomaban bajo el sombrero vaquero blanco, enmarcaba su cara sonriente, mientras ella sujetaba media docena de peluches con las dos manos.

–Hola, Mary Alice.

–Mira lo que me ha ganado Brady –dijo la mujer, apretando los peluches contra el exuberante pecho–. ¿No son monos? Creo que los daré al orfanato de Bennett.

–Muy generosa.

–Tú también por apoyar la feria, teniendo en cuenta tus limitados medios. Pero no te quedes ahí parada –dijo, sonriendo falsamente. Sacó una tira de entradas rojas del bolsillo de los pantalones–. Toma y diviértete.

–Estoy esperando a Mitch –le informó ella–. No las necesito.

–¿Mitch? –La voz de Mary Alice se quebró como la de un adolescente.

–Sí –dijo Tori, señalando a Mitch–. Está hablando con el alcalde. No creo que tarde mucho.

Mary Alice ladeó la cabeza y la miró con suspicacia.

–¿Estáis saliendo, o te ha acompañado porque le das lástima? –preguntó con lengua viperina.

Tori apretó los dientes para contener la letanía de insultos que se agolparon en su cabeza.

–En realidad...

–Podemos seguir.

La aparición de Mitch no pudo ser más oportuna, y el brazo que pasó por el hombro de Tori no pudo ser mejor recibido.

–Vamos, Tori. Buenas noches, Mary Alice –dijo Mitch a su ex, llevándose el dedo al ala del sombrero, pero sin detenerse a esperar respuesta.

Cuando se alejaron una manzana, Mitch miró a Tori con preocupación.

–¿Qué te ha dicho?

–Nada. Sólo quería recordarme cuál es mi sitio y desearme una feliz velada, hasta que le he dicho que estaba pasándola contigo –dijo Tori–. Sigue enamorada de ti.

–Está celosa de ti. Y no es sólo porque estés conmigo.

¿Una rubia perfecta de pechos exuberantes y una saneada cuenta en el banco estaba celosa de ella?

–No exageres, Mitch.

–Es cierto, créeme, la conozco desde hace mucho tiempo. Envidia tu independencia, porque ella también quiso irse de Quail Run una vez, pero no lo hizo por miedo a su padre –explicó él–. Pero no quiero que hablemos de ella esta noche. Vamos a divertirnos un rato.

Después de conseguir un mono de peluche en una de las casetas de tiro que Mitch aseguró hacía juego con sus zapatillas de gorila y comprar algodón de azúcar, él sugirió subir a una de las atracciones, y Tori prefirió elegir la más suave, la noria, y satisfacer una de sus fantasías de adolescente, si él estaba dispuesto.

Cuando por fin les tocó el turno, se montaron en una de las cabinas rojas, con el brazo de Mitch rodeándole la espalda y los muslos pegados.

–¿Has besado alguna vez a una chica en una noria? –preguntó Tori, cuando la noria se detuvo en lo más alto para recoger más pasajeros antes de iniciar el recorrido.

Mitch se quitó el sombrero, se pasó una mano por el pelo, y después volvió a colocárselo sobre la cabeza.

–Si no recuerdo mal, lo intenté una vez cuando tenía trece años, y me dieron una bofetada.

Tori giró el algodón de azúcar entre los dedos una y otra vez.

–Yo no te pegaría.

–¿De verdad quieres que lo haga delante de toda la ciudad?

Tori mantuvo los ojos en las luces que se extendían ante ellos.

–No si va a arruinar tu repu...

Mitch acalló sus palabras con un beso tan suave y dulce como el algodón de azúcar. La noria empezó a moverse, pero él no se detuvo. Tori apenas era consciente de la rotación de la noria, o de la suave brisa que le apartaba los mechones de la cara. Toda ella estaba concentrada en Mitch y en la excitación de sentir su boca en la suya. Él le tomó la mano y le acarició la muñeca con el pulgar, con un movimiento tan seductor como el de su lengua, tan rítmico como el balanceo de la cabina.

La vuelta terminó demasiado pronto, y con ella el beso.

Mitch apoyó la espalda en el respaldo y se arregló el sombrero con la mano.

–Seguro que eso ha derretido el algodón.

Tori miró hacia abajo, pero el algodón había desaparecido.

–Ha debido de salir volando.

Mitch se asomó por el lado de la cabina y miró hacia abajo.

–Oh, no. Espero que no haya caído en el moño de alguna matriarca.

Tori soltó una carcajada que pareció alejarse flotando en el viento junto con los últimos trozos de su corazón.

La noria giró un poco más y pronto se detuvo en la plataforma, finalizando la vuelta definitivamente. Mitch se levantó el primero y le ofreció la mano para ayudarla a bajar. Pero no la soltó mientras descendían por la rampa de madera, donde fueron recibidos con algunos aplausos y gritos de varias personas.

–Así se hace, Gus –exclamó alguien a su lado.

Tori volvió la cabeza y vio a Buck a unos metros de donde estaban, acompañado de una mujer mayor que todavía conservaba buena parte de la belleza de su juventud. Mitch no pareció muy contento de ver a su abuelo.

Tori se sonrojó al pensar en la cantidad de gente que había sido testigo del beso, entre ellas la rubia despampanante que estaba de pie junto a la salida, con dos animales de peluche en la mano y otros dos en el suelo a sus pies, mientras miraba furiosa a Tori.

Después Mitch y ella volvieron a pasear por las abarrotadas calles del centro de la ciudad, tomados de la mano, hasta que llegó la hora de los fuegos artificiales y la multitud empezó a dirigirse hacia el prado donde se habían montado.

–Los fuegos artificiales están a punto de empezar –dijo Tori–. ¿Quieres verlos?

–Tengo una idea mejor.

Mitch la llevó en dirección opuesta, en contra del flujo de gente, y se detuvo en un puesto donde un par de granjeros con un tractor y un remolque ofrecían paseos sobre pacas de heno. Mitch se acercó a uno de los hombres y tras intercambiar unas palabras con él le entregó unos cuantos billetes. Después volvió junto a Tori.

–Vamos.

Había unas pocas personas esperando su turno, pero el granjero los apartó.

–Esto es una vuelta privada, amigos. La siguiente será dentro de diez minutos.

Mitch ignoró las protestas de la gente y ayudó a Tori a subir al remolque cubierto de heno, donde se sentaron con las espaldas apoyadas en sendas pacas. Entonces Mitch la rodeó con los dos brazos.

–Otra vez aquí –le susurró él, con voz áspera, al oído–, en un lecho de heno bajo el cielo.

–Pero esta vez no tenemos una manta –dijo ella.

–Supongo que entonces tendremos que comportarnos –dijo él, deslizándose hacia abajo y atrayéndola hacia él, a la vez que deslizaba la mano bajo la cazadora y acariciaba la suave piel de la cintura–. ¿Puedo besarte?

–Por favor.

Y eso hizo, aunque esta vez no se contuvo tanto como en la noria. El beso fue más apasionado, más insistente, más intenso. Los dos se hundieron más y más en el heno, hasta quedar prácticamente tumbados. Mitch dibujó una línea con el pulgar sobre el pecho que alargó hasta el pezón. La explosión de los fuegos artificiales a lo lejos no podía competir con la fuerza de los latidos del corazón de Tori cuando Mitch deslizó una pierna entre las suyas, frotándose contra ella con ritmo sugerente y sensual.

–¿Cuánto falta para terminar esta vuelta? –preguntó ella, jadeando.

–No lo suficiente –dijo él, alzando la cabeza–. Ha dado la vuelta hace cinco minutos.

–No me he dado cuenta.

De lo que sí se dio cuenta fue de cuando Mitch le acarició la parte interior del muslo.

–No puedo ser sólo tu amigo, Tori, cuando deseo tanto hacerte el amor.

Tori, que siempre se había comportado con corrección, llevó la mano masculina entre sus piernas, haciéndole saber qué necesitaba exactamente y dónde.

–Yo quiero ser tu amiga, Mitch. Pero también quiero ser tu amante, al menos esta noche.

–Y mañana por la noche, y la otra, hasta que te vayas –dijo él, sin dejar de acariciarla–. Pero no podemos hacer esto aquí y hacerlo bien.

Tori estuvo otra vez a punto de alcanzar el orgasmo, pero Mitch retiró la mano y se sentó.

–Por suerte, ya casi hemos llegado.

–Sí –dijo ella–, yo también. Por segunda vez en el día de hoy.

Él la besó apasionadamente una vez más.

–Te aseguro que esta vez lo terminaré, cielo, si es de verdad lo que quieres.

–Lo es.

–Entonces vámonos a casa.

Mitch condujo todo el camino de vuelta a casa con la mano en la pierna de Tori, mientras Bob, que había bebido demasiadas cervezas, hablaba sin parar en el asiento de atrás y Stella le repetía una y otra vez que se callara.

Cuando aparcó delante de la casa, Mitch esperó a que la pareja entrara en la casa para besar a Tori con un beso intenso antes de apretar el acelerador camino de su propia casa, con más brusquedad de lo que hubiera deseado. Tras frenar en seco delante de su puerta, se apeó con la intención de rodear el coche y ayudar a bajar a Tori, pero ésta lo interceptó delante del pick-up. Se besaron apasionadamente una vez más, antes de que él la tomara de la mano y la llevara al interior de la casa, donde la besó otra vez.

No recordaba la última vez que había besado tantas veces a una mujer en una sola noche, ni tampoco que lo hubiera disfrutado tanto. Seguramente nunca, pero besarla no era lo único que quería hacerle, razón por la que se separó de ella y la llevó por el pasillo hasta su dormitorio.

Tras cerrar la puerta, se acercó a ella despacio y por un momento el tiempo pareció quedar suspendido entre los dos. Tori puso fin al suspense levantándose el suéter negro, que él le quitó por la cabeza y arrojó a un lado. Con la melena despeinada y sólo una suave tira de encaje negro cubriéndole el pecho, Tori estaba más sexy que nunca, pero Mitch no tuvo tiempo para continuar desnudándola. Ella se le adelantó, se desabrochó el sujetador y se lo quitó.

Mitch la tomó en brazos y la tendió en la cama. Allí, sentado al borde del colchón, le bajó los pantalones vaqueros, dejando tan sólo un retazo de satén negro sobre su cuerpo.

Aunque sus vaqueros le presionaban implacables, Mitch prefirió seguir vestido de momento y admirar y estudiar el cuerpo femenino con los ojos y las manos.

–Eres tan hermosa –susurró, acariciándole el vientre con los nudillos.

Tori empezó a temblar, desde el vientre a las piernas. Preocupado, Mitch levantó los ojos y vio que tenía los ojos cerrados. Se inclinó hacia ella, con los brazos a ambos lados de su cuerpo.

–Tori, ¿estás bien? ¿Quieres que pare?
–Si paras ahora no te lo perdonaré nunca. Quítate la ropa.

Mitch le acarició los labios con la punta de la lengua.

–Aún no –dijo él–. Primero quiero verte.

Le sujetó la pelvis con ambas manos y la frotó hacia abajo con los pulgares, realizando un improvisado masaje mientras le quitaba la última prenda.

Para un hombre que necesitaba estar dentro de ella más de lo que necesitaba respirar, el ritmo estaba siendo agonizantemente lento.

–Separa las piernas para mí –le dijo él, usando las manos también–. Y no cierres los ojos.

La respiración entrecortada de Tori era muestra evidente de su estado de excitación, pero eso no impidió que él se tomara su tiempo al deslizar los dedos a través de la suave mata de rizos y buscar su zona más erógena, explorándola por dentro y por fuera.

El ritmo de los jadeos femeninos aumentó y el cuerpo se tensó cuando los primeros espasmos del orgasmo se apoderaron de ella. Mitch quería cambiar la mano por la boca, pero era demasiado tarde. En lugar de eso, la besó hasta que los espasmos amainaron casi por completo. Ahora él podía unirse a ella.

Se levantó y empezó a desabrocharse el cinturón, pero la voz de Tori lo interrumpió.

–Mitch, ven aquí –dijo ella, sentada donde él había estado, con una voz mucho más calmada, como si hubiera recuperado el control, todo lo contrario que él.

Mitch fue a ella y la observó mientras ella le bajaba la cremallera y hacía lo mismo con los vaqueros y los calzoncillos. Después de quitárselos por completo, ella abrió los brazos y con una mirada lo invitó en su cuerpo. Pero antes, Mitch tenía que pensar en algo más. Algo que había jurado no volver a olvidar.

Abrió el cajón de la mesita, sacó un paquete de plástico y se lo mostró.

−¿Tengo que usar esto?

−Creo que es una buena idea, para estar seguros.

Su tono de voz, su mirada incierta, provocó un estremecimiento en Mitch. Quizá la otra noche no había sido sincera con él, quizá habían corrido un gran riesgo, pero al verla tendida en su cama, con las mejillas sonrosadas y los ojos muy abiertos, la desesperada necesidad que sentía por ella era mucho mayor que sus temores.

Tras colocarse el preservativo, apagó la lámpara y se tendió junto a ella. Enmarcándole la cara con las manos, se tomó un momento para mirarla.

−Te he deseado las veinticuatro horas del día desde que estuvimos juntos en el pick-up. Cada vez que pienso en ti me pongo duro −dijo él.

Su objetivo en aquel momento era darle placer, tanto placer que ella no quisiera estar en ningún otro sitio. Sólo en su cama.

−Dime qué quieres, Tori. Haré lo que tú quieras.

Con las manos en las caderas masculinas, Tori lo atrajo sobre ella.

−Te quiero dentro de mí. Del todo.

Al borde mismo de la locura, Mitch bajó la mano y se guió al interior del cuerpo femenino, aunque hizo una pausa antes de sumergirse por completo en su calor.

−¿Así?

−Del todo −repitió ella, con voz grave y rasposa,

sensual y tremendamente excitante–. Quiero sentirte por completo dentro del mí.

Con una fuerte embestida, Mitch la penetró por completo y casi perdió totalmente el control.

–¿Mejor?

Tori deslizó los dedos por los cabellos morenos y movió las caderas bajo él.

–El mejor.

Mitch quería ser el mejor hombre de su vida.

Con la fuerza que todavía le quedaba, sujetó la otra almohada y la colocó bajo los hombros femeninos, debajo de la que ya estaba allí. Entonces le alzó las nalgas con las palmas de las manos y la embistió de nuevo.

Aunque hubiera querido ir más despacio, no pudo. Tori se movía con un ritmo fuerte y desinhibido a la vez que lo besaba en la boca, siguiendo el movimiento de sus cuerpos, y se colgaba con las manos de su espalda.

La presión fue aumentando y aumentando hasta que por fin explotó, desbordándose como un río tras una fuerte tormenta de verano.

Minutos después, estaban los dos cubiertos de sudor, envueltos en el embriagador olor de sus cuerpos, y por fin saciados y satisfechos.

Tori sintió que Mitch temblaba a su lado. Levantó la cabeza y lo miró.

–¿Estás bien?

–Si estuviera mejor, estaría muerto –dijo él, rodando a un lado y abrazándola–. No quiero que te vayas.

Las palabras salieron de su boca sin darse cuenta de lo que estaba diciendo.

–No quiero que Buck sepa que estoy en tu cama –dijo ella, malinterpretando el significado de la frase.

Mitch prefirió no explicar el significado de sus palabras, al menos hasta que analizara por qué detestaba tanto la idea de verla partir hacia Dallas. La besó suavemente y le acarició el hombro.

–Es posible que Buck no vuelva hasta mañana –dijo él–. Pero aunque esté aquí, no sabe dónde estás. Quédate conmigo. Toda la noche.

Tori apoyó la mejilla en su pecho.

–Está bien. Me quedaré esta noche.

Era una promesa insuficiente, porque Mitch quería más que una noche. Dentro de él estaba teniendo lugar una extraña transformación, y no tenía ni idea de qué hacer al respecto, ni por qué Tori Barnett le hacía sentir cosas que nunca había sentido, que nunca había querido sentir.

Dos horas más tarde, Tori estaba sentada en una silla delante de la ventana de la habitación de Mitch, con los brazos alrededor de las piernas y los ojos perdidos en la noche. Llevaba la camisa de Mitch, lo único que había podido localizar en el dormitorio a oscuras.

La luna aparecía entre una suave neblina, aunque la imagen difuminada podía deberse a las inesperadas lágrimas que le llenaban los ojos. Podía achacar la irracional reacción emocional a las hormonas, o admitir que su estado actual se debía a la cruda realidad de que se estaba enamorando de Mitch Warner.

Nunca había sido su intención, pero debía haberlo visto venir desde la primera vez que bailó con él.

Recordó la imagen de Mitch en páginas antiguas de revistas y periódicos sensacionalistas, un enigmático joven que atrajo la atención de todo el país con su físico y su posición social. En particular, recordó una foto de un joven Mitch enfundado en un esmoquin y acompañando a una hermosa joven, tras ser aceptado en la universidad de Harvard, pero nunca lo recordó sonriendo. Con un interés meramente profesional, Tori siempre pensó que se trataba de un joven rico y caprichoso, demasiado arrogante para mostrar cualquier tipo de sentimiento.

Ahora se dio cuenta que lo que había visto en sus ojos era tristeza, una infinita tristeza.

Sin embargo, no podía olvidar que Mitch y ella procedían de diferentes clases sociales, y además tenían diferentes aspiraciones en la vida. Ella deseaba una buena carrera profesional y un reconocimiento a sus esfuerzos, mientras que él buscaba una vida normal en el anonimato.

Y ella empezaba a sentir remordimientos porque en cierto sentido lo estaba utilizando para obtener el deseado éxito profesional. Aunque lo justificó diciéndose que el artículo lo ayudaría a mantener su intimidad al poner de manifiesto que quería vivir su vida al margen de la publicidad. Al final los dos saldrían ganando.

Aunque ella sufriría una terrible pérdida a cambio del éxito, cuando le dijera adiós.

Por esa razón, tenía que empezar a considerar su relación como un simple romance sin consecuencias, y por eso tenía que controlar sus emociones, empezando desde ese mismo momento.

Poniéndose de pie, se volvió y dirigió una última mirada a Mitch. Éste dormía de costado, mirando hacia la ventana, con la sábana cubriéndole apenas las caderas, los brazos debajo de la almohada, y los ojos cerrados.

Tori deseaba desesperadamente meterse de

nuevo bajo las sábanas y moldear su cuerpo al de él. Quería despertarlo una vez más y prender el fuego entre ellos con unas pocas caricias. Sin embargo, fue hasta la puerta dejando atrás sus ropas y a él.

Necesitaba tiempo para pensar, y necesitaba dormir, dos cosas que no podía hacer teniéndolo tan cerca.

Por la mañana continuaría con la entrevista. Si volvían a surgir momentos de intimidad entre ellos, haría un esfuerzo para mantener sus sentimientos al margen. Tomaría lo que él ofreciera y disfrutaría del tiempo que les quedaba juntos sin inhibiciones.

Era un plan sólido. Un buen plan. Ahora sólo tenía que cumplirlo.

Capítulo Ocho

Mitch detestó despertarse al alba y ver que Tori no estaba. Tampoco la vio a la hora de desayunar, y cuando fue a buscarla a su habitación, se encontró con la cama hecha y el dormitorio totalmente vacío. Por irracional que pareciera, su primer temor fue que hubiera vuelto a Dallas en el primer avión. Afortunadamente, Bob le comentó que Tori estaba en su casa con Stella, lo que le permitió relajarse un poco y concentrarse mínimamente en el trabajo.

Su concentración desapareció por completo cuando a unos golpes en la puerta de su despacho siguió la voz de Tori.

—Mitch, ¿puedo pasar?

—La puerta está abierta —respondió él, preparándose para el impacto de volver a verla.

Tori entró en la habitación vestida con un traje chaqueta azul marino, con la falda por encima de las rodillas, y zapatos de tacón.

—¿Dónde has estado? —preguntó él, apoyándose en el respaldo del sillón.

—Hablando con algunos de los mozos. Quería hacerles unas preguntas.

—¿Así vestida? —preguntó él, en tono gruñón y celoso, exactamente cómo se sentía.

Tori se alisó la falda con la mano.

—A ellos no ha parecido importarles.

—Estoy seguro de que no les ha importado. De

hecho, seguro que les ha encantado verte con ese traje.

–Quiero decir que no creo que se hayan fijado –insistió ella.

Mitch se frotó el mentón con los dedos.

–No te creía tan ingenua, Tori. Son hombres. Se fijan. Tienes que tener cuidado con ellos.

Prefiriendo ignorarlo, Tori dejó la bolsa negra que llevaba colgada al hombro y se sentó en el sofá. De la bolsa sacó un cuaderno de páginas amarillas.

–Tengo algunos comentarios muy interesantes. La opinión generalizada es que eres justo y generoso. Uno de los hombres ha dicho que te, «considera un buen amigo, sólo por detrás de su perro de caza». La única crítica que has recibido ha sido de uno que ha dicho que por las mañanas antes de tomar café estás insoportable. ¿Has tomado café hoy, Mitch?

–¿Estás diciendo que te resulto insoportable?

–Te noto un poco irritable –dijo ella, volviendo a sus notas–. De todos modos, me alegra informarte de que el consenso general es que eres un jefe generoso y una buena persona.

Cuando ella se retiró el pelo del hombro y le sonrió, Mitch sintió la imperiosa necesidad de demostrarle exactamente lo bueno que podía ser.

–Sigo sin entender por qué tienes que arreglarte tanto para hablar con los mozos.

–Me he arreglado porque voy a la ciudad con Stella. Ella tiene que hacer unas compras, y yo quiero entrevistar a algunas personas, para dar al reportaje un poco de colorido local. Para eso, tengo que presentar una imagen profesional.

¿Y también sexy?, pensó él.

–De acuerdo. Aunque no creo que te cuenten mucho.

—Me arriesgaré, pero antes... —Tori rebuscó en la bolsa, y cambió el cuaderno por la cámara de fotos—. Ahora toca fotos. Quiero mostrarte en tu elemento. El vaquero trabajando en el ordenador —levantó la cámara, y dijo—: Sonríe.

Mitch no tenía ganas de sonreír. Lo único que quería era hacerla sonreír a ella, usando sus manos y su boca. Para apaciguarla, esbozó una media sonrisa. Ella pareció satisfecha y disparó varias veces seguidas, casi cegándolo con los destellos del flash.

—Ya vale —dijo él—. No veo nada.

—Lo siento —dijo ella—. De momento es suficiente.

De eso nada, pensó Mitch. Rodeó la mesa y estiró la mano.

—Dámela. Quiero hacerte un par de fotos.

—¿A mí?

—Sí. Quiero un recuerdo.

—Está bien, si es necesario —dijo ella, llevándose la mano al pecho—. ¿Dónde me quieres?

Dando un paso a un lado, Mitch hizo un gesto hacia su mesa.

—Siéntate aquí.

Tori obedeció, y se sentó en la mesa, con las piernas colgando y las manos entrelazadas en el regazo. Pero Mitch no quería una postura tan formal y mojigata.

—Cruza las piernas y súbete un poco la falda. Quiero ver un poco de pierna.

Tori obedeció y se echó hacia atrás, apoyándose en las palmas y esbozando una seductora sonrisa.

—¿Qué tal así?

Excelente, pero él quería ver algo más. Si tenía que conformarse con una foto cuando se fuera, quería una buena.

–Desabróchate el primer botón de la chaqueta y ábrela un poco.
–Mitch...
–Hazlo, Tori. A lo mejor incluso te gusta.
Tori así lo hizo, y Mitch tomó la foto.
–Desabróchate un poco más.
–Se verá el sujetador.
–Lo sé.
Tori dejó escapar un suspiro tembloroso. Mitch pensó que estaba nerviosa, o quizá excitada, algo que pensaba averiguar muy pronto.
–Vaya, Mitch, no sabía que te gustaran las fotos eróticas.
–Sólo un poco sugerentes, Tori.
Con un brillo desafiante en los ojos y sin dejar de mirarlo, Tori desabrochó todos los botones de la chaqueta y la abrió, dejando al descubierto el sujetador de satén azul y a Mitch con la boca abierta. Después sacudió la cabeza con un movimiento elegante y sensual, despeinándose ligeramente y cuando se alzó la falda hasta la parte superior de los muslos, Mitch se acercó a la puerta y la cerró con llave desde el interior.
–¿Te parece bastante sugerente? –preguntó ella, con voz melosa.
–Oh, sí –dijo él, sólo mirándola, sin moverse.
–¿Vas a hacer la foto?
Mitch no quería otra foto. La quería a ella. Dejó la cámara en la bolsa, y se plantó delante de ella. La tomó en brazos, colocó las piernas femeninas alrededor de su cintura y la llevó al sofá. Allí la besó, con pasión e intensidad, antes de deslizar la chaqueta por los esbeltos hombros y los brazos. Recorrió la garganta con los labios, deteniéndose a trazar el contorno del sujetador con la lengua. Entonces la oyó contener un jadeo. Levantó la ca-

beza y la encontró mirándolo con los ojos cargados de deseo y anticipación.

–Esta mañana no me ha gustado no encontrarte en mi cama –le dijo él, mientras jugaba con los pezones por encima del sujetador.

–No quería que Buck me encontrara en tu habitación –dijo ella.

–Al cuerno Buck. Quiero hacerte sentir tan bien como tú me hiciste sentir anoche. Déjame hacerlo, Tori.

–¿Y si alguien te necesita?

–Yo te necesito a ti, y eso es lo único que importa.

Mitch se agachó ante ella y se apoyó las dos piernas femeninas en el hombro. Le quitó los zapatos, y después metió las manos por debajo de su falda y deslizó la prenda de ropa interior hasta los tobillos, quitándosela.

Tori lo miraba, sin hablar, el único sonido el de su respiración entrecortada. La fuerza de su mirada, las suaves caricias en los muslos, la anticipación le arrebató cualquier deseo de protestar.

Mitch empujó la falda hacia arriba, hacia la cintura, y se arrodilló delante de ella, separándole las piernas y bajando la cabeza.

Tori no era una ingenua ni una adolescente virgen, y sabía las distintas formas de dar y obtener placer, aunque no todo por experiencia propia. La suave caricia de la lengua masculina, el insistente tirón de los labios, la caricia de las puntas de sus dedos estaban más allá de su experiencia personal, más allá de lo que había conocido con otros hombres, incluso su anterior novio.

Cuando llegó al clímax, trató de prolongarlo con las últimas fuerzas que le quedaban, pero no pudo hacerlo, como tampoco pudo evitar que Mitch la mantuviera cautiva con la boca.

Mientras volvía a la realidad y los latidos de su corazón se calmaban, echó la cabeza a un lado y fue sólo medio consciente del ruido de una cremallera. Mitch no había terminado con ella, y ella no estaba segura de poder soportar más la tortura.

Pero iba a hacerlo, pensó cuando él dijo, con voz grave y controlada:

–Ven aquí, Tori.

Abrió los ojos y vio que él llevaba los vaqueros por las rodillas. La camisa apenas lograba ocultar su erección. Mitch la sujetó por la cintura y la sentó en su regazo.

Manteniendo los ojos clavados en ella, Mitch la alzó y la guió sobre su miembro erecto. Ahora le tocó a Tori infligirle la misma tortura. Movió las caderas con un ritmo lento y sensual, tomándolo en su cuerpo despacio, experimentando un enorme poder sobre él que le produjo un gran placer. Se inclinó hacia delante para besarlo, mordisqueándole los labios a la vez que mantenía el movimiento lento y cadencioso. Un gemido escapó de los labios masculinos, y ella se echó hacia atrás, sabiendo que en unos momentos él estaría exactamente donde ella había estado unos minutos antes, a donde iba otra vez conducida por las caricias de la mano de Mitch.

El segundo orgasmo llegó tan fuerte como el primero, provocando oleadas de placer por todo su cuerpo a la vez que tomaba a Mitch completamente en su interior. Un largo gemido salió de la boca masculina, y ella sintió la rítmica cadencia del orgasmo masculino en su cuerpo.

Tori se dejó caer sobre el pecho desnudo, sujetándose a los hombros, como si le fuera en ello la vida, y apoyó la mejilla sobre su corazón.

Tras permanecer así un rato, Mitch la besó en la sien.

–Podría acostumbrarme a esto.

Y ella también, y eso era peligroso.

–Supongo que hacerlo en la oficina tiene su encanto –dijo ella.

–No me refiero sólo a hacer el amor, Tori. Podría acostumbrarme a tenerte aquí más de unos días.

Tori alzó la cabeza y lo miró a los ojos.

–Desafortunadamente, yo tengo que volver a trabajar.

–Lo sé, pero me gustaría volver a verte.

Un tenue rayo de esperanza iluminó el corazón de Tori.

–Eso será difícil. Tú vives aquí y yo en Dallas, pero estoy abierta a sugerencias.

Mitch la besó en los labios.

–Te quiero en mi cama hasta que te vayas. Hablaremos de lo demás más adelante.

Aquello sonaba más a exigencia que a sugerencia, pero Tori no tuvo la fuerza ni el deseo para negarse.

–Vale, pero ¿y Buck?

–No te preocupes por Buck. Él siempre se ocupa de sus asuntos.

–Sé que no es asunto mío, pero no me gusta lo que estás haciéndole a esa chica.

Sentado en el banco de la cocina, Mitch levantó la cabeza y miró a su abuelo.

–¿De qué estás hablando? Por si no te habías dado cuenta, los dos somos mayores de edad desde hace tiempo –respondió, arrancando la etiqueta de la botella de cerveza con el pulgar.

–Lo sé. Y también sé que siente algo por ti y no quiero que sufra por tu culpa.

–¿Qué te hace pensar que voy a hacerla sufrir?

–¿Le has pedido que se case contigo?

Aquella pregunta atrajo toda la atención de Mitch.

–No.

–¿Por qué no?

Mitch tuvo la sensación de estar recibiendo una regañina por volver a casa tarde, sólo que esta vez el delito era mucho más grave, a juzgar por el tono de voz de su abuelo.

–Primero, porque apenas nos conocemos. Y segundo, porque no tengo planes de casarme con nadie, y tú lo sabes.

Buck se echó el sombrero de paja hacia atrás.

–Entonces deberías considerar lo que haces al mantenerla en tu cama. Tori es una buena chica y se merece un hombre que no tenga miedo al matrimonio.

–Estás equivocado, Buck. Ella tiene una carrera profesional. Por lo que yo sé, a ella tampoco le interesa una relación seria.

–¿Estás seguro?

Tori no le parecía el tipo de mujer que quería casarse y tener hijos, pero podía estar equivocado.

–Escucha, si dejas de darme la vara por las mujeres en mi vida, yo no te preguntaré dónde has estado las últimas noches.

–He estado con Eula Jenkins –respondió su abuelo.

–Vaya, la viuda más respetable de la ciudad. Y dime, ¿vas a casarte con ella?

–Cosas más raras han pasado, y por lo que veo será más fácil que lo haga yo a que lo hagas tú –le espetó Buck–. Permite que te dé un consejo, Gus.

Ya es hora de que dejes de reprochar a tu padre su segundo matrimonio, o acabarás por arruinar tus posibilidades de ser feliz.

Mitch sabía que nunca aceptaría la traición de su padre, y resintió profundamente las palabras de su abuelo.

–¿No tienes nada que hacer?

–Sí –dijo Buck, levantándose de la silla con más agilidad que muchos jóvenes de veinte años–. Mis compañeros de *chat* me esperan en Internet. Pero ten cuidado, si le rompes el corazón tendrás que escucharme.

Mientras Buck se alejaba, Mitch bebió un trago de cerveza y dejó la botella con fuerza sobre la mesa. Quizá su abuelo tenía razón. Quizá debía terminar con Tori el día que se fuera de Quail Run.

Pero en lo más hondo de su corazón no podía soportar la idea de verla desaparecer definitivamente de su vida.

Al menos aquella tarde Tori consiguió algo más que un rato de placer con Mitch Warner. Tras varias entrevistas en la ciudad, logró un nuevo ángulo de la personalidad de Mitch. Todos habían alabado la activa participación de Mitch en distintos asuntos del gobierno municipal, lo que ponía de manifiesto que no sentía tanta aversión a la política como aseguraba.

Mental y físicamente agotada, Tori se sentó en una mesa en la cafetería que regentaba la familia de Stella desde hacía más de sesenta años a esperar que su amiga terminara sus compras para volver al rancho.

Casi se atragantó cuando escuchó el sonido de

una conocida voz femenina en la barra, hablando con una de las camareras. Sintió ganas de salir corriendo, pero permaneció donde estaba, con los ojos clavados en la ventana, contemplando los pocos coches que pasaban por la calle principal.

−¿Estás ocupada?

Tori maldijo a Stella por el retraso a la vez que alzaba los ojos hacia Mary Alice.

−Estoy esperando a alguien.

−¿Mitch?

−No, Stella. Tiene que llegar enseguida.

Mary Alice se sentó frente a ella.

−Me iré cuando llegue, pero antes quiero que sepas que estás en boca de toda la ciudad.

−¿Y eso? −preguntó Tori, conteniendo su rabia.

−Dicen que estás escribiendo un reportaje sobre Mitch. ¿Es cierto?

El alivio que sintió ayudó a que sus hombros se relajaran un poco.

−Sí, así es.

−¿Para un periódico?

−Para una revista.

Mary Alice se apoyó en el respaldo de la silla y cruzó los brazos.

−Oh, ¿una de esas revistas de cotilleo baratas?

−Es una revista mensual muy seria y respetable. Publicamos reportajes sobre importantes empresarias y políticas tejanas, y de vez en cuando también hombres, razón por la que estoy entrevistando a Mitch.

−Dime una cosa −continuó la rubia, con los ojos entrecerrados−. ¿Besarte con esos hombres es parte del trabajo?

«Mantén la calma, Tori».

−Sólo fue un beso inocente. Espontáneo. No significó nada.

Menuda mentira. Lo había significado todo.

–Supongo que ese trabajo paga bien, ¿no?

–Es un gran trabajo.

–Y supongo que vives en uno de esos elegantes apartamentos del centro de Dallas.

–Es bonito –respondió ella.

En realidad, vivía en un pequeño apartamento de una sola habitación, lo único que podía permitirse hasta que pagara todas las facturas de la hospitalización de su madre, un hecho que Mary Alice no necesitaba saber.

Mary Alice continuó interrogándola sobre su vida en Dallas, con un interés que la sorprendió.

–Yo pensé ir a estudiar a Houston después del instituto –confesó después–, pero preferí matricularme aquí para ayudar a mi padre con el aserradero. Además, me gusta vivir aquí, cerca de mi familia.

Por improbable que pareciera, Tori sintió lástima por ella. Empezaba a creer que Mary Alice era una mujer tremendamente infeliz.

–Nunca es demasiado tarde, Mary Alice. El mundo es muy grande y ofrece muchas oportunidades.

Mary Alice la miró furiosa, con las mejillas encendidas.

–Mi oportunidad está aquí. Voy a casarme con Brady, y mi vida será maravillosa.

–Estoy segura –dijo Tori, no muy convencida de que Mary Alice creyera sus propias palabras–, pero cuando no se está muy seguro es mejor no meterse en un matrimonio que no se quiere de verdad.

Mary Alice se levantó de la silla con rapidez, pero no se alejó.

–Permíteme un consejo sobre Mitch.

–No necesito consejos sobre Mitch.

Ignorando su protesta, Mary Alice puso la palma de la mano en la mesa y se apoyó en ella.

–¿Ya te ha llevado al arroyo? Es su sitio favorito para hacer el amor.

–Te aseguro que no hemos estado en ningún arroyo.

–Pero has estado en su cama –continuó Mary Alice.

–¿Qué te hace pensar que hay algo íntimo entre nosotros? –preguntó Tori, cruzando los dedos y deseando que la verdad no se reflejara en su cara.

–Mitch te hipnotiza, sobre todo en cuestión de sexo. Es bueno en todo lo que hace, y sabe cómo dar a una mujer lo que necesita, pero supongo que eso ya lo sabes.

Esta vez Tori desvió la mirada.

–Mitch es sólo un amigo.

–Espero que así sea, porque de lo contrario pasarás los próximos nueve años de tu vida tratando de convencerlo para que se case contigo. Y no lo hará, Tori. Mitch no es de los que se casan, así que quítatelo de la cabeza. Te lo digo por experiencia personal –añadió con amargura y una profunda tristeza.

–Sigues enamorada de él, ¿verdad?

–Claro. Es un hombre muy fácil de amar, pero supongo que ya lo sabes. Y si no lo sabes ahora, lo sabrás.

Con eso, Mary Alice se alejó, dejando a Tori sola con mucho que pensar y sus esperanzas hechas añicos. Sabía demasiado bien que la información que le había dado la anterior amante de Mitch era un buen consejo.

Tenía que considerar a Mitch sólo como un amigo y nada más. Por eso decidió aceptar la relación física durante el resto de la semana, pero sin dejar que eso le afectará el corazón. Así podría alejarse emocionalmente intacta antes de aceptar ser su amante de fin de semana sin más perspectivas de futuro que un revolcón cada dos semanas.

Por primera vez en diez años, Mitch no asistió al rodeo anual. En lugar de eso, prefirió pasar la noche con Tori, la última noche antes de su regreso a Dallas.

La semana había pasado muy deprisa, pero no podía quejarse. Habían hecho el amor una y otra vez, por la noche y por la mañana en su cama, durante el día en su oficina o entre el heno del establo. Lo único que ella rechazó fue su invitación a hacer el amor junto al arroyo, su lugar favorito para ir a pescar.

–Bien, tengo todo lo que necesito, excepto una cosa. Necesito alguna frase que pueda citar textualmente sobre tu padre –dijo Tori, sentada en el sofá del salón-biblioteca frente a él.

Tenía los pies apoyados en el regazo de Mitch, y éste le estaba dando un masaje.

Mitch hizo una pausa y la miró.

–Ya te dije que no quería hablar de él. Respeto su capacidad como líder nacional, pero nada más.

Tori bajó los pies al suelo y se echó hacia delante en el sofá, estudiándolo con sus intensos ojos oscuros.

–¿Quieres decir algo sobre tu madre?

–Era una gran mujer, y mucho más de lo que mi padre se merecía.

–Pero, por lo que he leído, fueron inseparables hasta que ella se puso enferma –insistió Tori–. ¿No fue así?

Mitch se pasó una mano por el pelo.

–Cuando se puso enferma, ya no tuvo tiempo

para ella. De hecho, ni siquiera estuvo presente cuando...

Mitch se interrumpió, porque no quería hablar de ello con Tori. No quería revivir viejos y dolorosos recuerdos y toda la amargura que sintió en la última noche que le quedaba con ella.

−¿Estás diciéndome que tu padre no estuvo presente cuando tu madre murió?

−No quiero hablar de eso.

−Creo que lo necesitas. Seguramente te sentirás mejor.

Él forzó una sonrisa.

−Lo único que me hará sentirme mejor será que te quites la camisa y te sientes en mi regazo.

−No, nada de sexo. Al menos hasta que respondas a mi pregunta.

Mitch se levantó de la silla y empezó a pasear por el salón, nervioso.

−Está bien, Tori, si quieres la verdad te la contaré. Pero es fea.

−Lo soportaré.

Mitch se apoyó en una estantería, sin mirar a Tori, temiendo que si lo hacía no podría terminar de hablar.

−Mi madre quería morir en casa, y para ella su casa era este rancho, no la mansión de Belaire que mi padre compró para impresionar a sus amigos. Por eso, yo organicé su traslado aquí en ambulancia, contra la voluntad de mi padre. Él se enfadó muchísimo conmigo.

−¿Y por eso no estuvo a su lado?

−Estuvo aquí la mañana del día de su muerte, pero tuvo que volver a Washington.

−¿Se fue sabiendo que iba a morir?

Mitch detestó tener que reconocer la verdad, pero no podía mentir a Tori sobre eso.

–No sabíamos que moriría ese día, pero sí que el momento estaba cerca. Tenía que haberse quedado.

–¿Estabas con ella cuando murió?

–Sí.

Esa era la parte más difícil, los recuerdos de su madre quedándose dormida en un sueño del que no despertó.

–Cayó en coma aquella tarde mientras yo le leía –dijo. Sacó el libro de poesía–. Le encantaba John Donne. Ella me enseñó a apreciar la poesía.

Una profunda tristeza ensombreció aún más los ojos femeninos.

–Yo hice algo parecido el día que mi madre murió.

–¿Le leíste?

–Le canté.

A Mitch no le sorprendió, y se pudo imaginar perfectamente lo importante que había sido para su madre.

–¿Qué le cantaste?

–La canción que canté la noche que nos conocimos. Le encantaba Patsy Cline. Creo que aquella canción tenía que ver con lo que sentía por mi padre, aunque nunca hablamos de eso. Era un tema del que no quería hablar.

–¿Dónde está tu padre ahora?

–No lo sé. Ni siquiera sé su nombre. Nunca lo pregunté, y mi madre nunca me lo dijo. Cuando cumplí dieciséis años me entregó un sobre con su identidad. Pero nunca lo he abierto.

Mitch había asumido erróneamente que Tori no se veía con su padre por elección propia, no porque no lo conociera.

–¿Por qué no has hecho nada para averiguar más sobre él?

—No sé, a lo mejor quiero seguir manteniendo vivo el rencor. Supongo que en eso nos parecemos: los dos reprochamos a nuestros padres lo que hicieron o dejaron de hacer. Pero al menos tú tenías un padre cuando tu madre murió.

—Buck, sí, mi padre no –dijo Mitch, colocando el libro en su sitio–. El cerdo tuvo la desfachatez de volver a casarse seis meses después.

—Creía que fue un año después –comentó ella, confusa.

—Eso era lo que él hizo creer a todo el mundo. La boda que se celebró al año siguiente fue sólo un espectáculo para los medios de comunicación.

—¿Crees que se veía con tu madrastra antes de la muerte de tu madre?

—Él me lo negó, pero nunca lo he creído.

Tori se levantó del sofá y apoyó una mano en su hombro.

—A veces ocurren cosas que quedan fuera de nuestro control, sobre todo con el dolor. A lo mejor te ha dicho la verdad.

Mitch le apartó la mano y le dio la espalda. Quería que ella le escuchara, que lo entendiera, no que se pusiera de parte de su padre.

—Ya no tiene importancia, eso fue hace mucho tiempo. Las cosas no van a cambiar, así que mejor dejamos el tema.

—Lo entiendo. No estás dispuesto a perdonar a tu padre. Pero al menos tienes un padre, incluso si no es perfecto. Es mucho más de lo que yo he tenido.

Los remordimientos que le embargaron por su falta de sensibilidad hacia el dolor de Tori obligaron a Mitch a volverse para mirarla, pero ésta ya estaba en la puerta.

—¿Dónde vas?

–A la cama.
–Iré dentro de un rato.
Tras un silencio, Tori se volvió a mirarlo.
–A mi cama, Mitch. Creo que esta noche necesitas estar solo. Y siento haber sacado recuerdos dolorosos. Sólo quería ayudarte.

Mitch tenía que reconocer que le había ayudado mucho, aunque sólo fuera por escucharlo, pero su orgullo le impidió protestar, aunque deseaba estar con ella aquella última noche más de lo que había querido nada en mucho, mucho tiempo.

–Bien. Si eso es lo que quieres.
–Te veré por la mañana –dijo ella, y se fue sin mirarlo.

Y probablemente, la mañana siguiente sería la última vez que la viera. No podía reprocharle que se alejara de su amargura. Entendía por qué ella no quería mantener una relación con un hombre cuyo objetivo era alejarse de cualquier tipo de compromiso. Un hombre que estaba tan atrapado en su propia rabia que nunca se había detenido a considerar que ella ni siquiera había conocido a su padre.

Pasar la noche sin ella entre sus brazos sería su castigo, y debería aceptarlo, como un hombre. Pero no pensaba hacerlo.

Capítulo Nueve

Tendida de costado, mirando hacia la ventana, Tori sintió el colchón hundirse ligeramente detrás de ella y sintió su calor un segundo antes de que él se acomodara a su espalda y la rodeara con los brazos.

–Lo siento, cielo –susurró–. No sé qué más decir.

No tenía que decir nada más. Aunque Tori sabía que no era prudente aceptar tan fácilmente las disculpas, se sintió impotente. Un precio pequeño por pasar la última noche con él.

Girando en sus brazos, enterró la cara en el hombro masculino. Aunque Mitch se había quitado toda la ropa, la mantuvo abrazada durante un largo tiempo, como si no se atreviera a moverse. O quizá era eso lo que necesitaba de ella en ese momento, alguien que absorbiera el dolor y la rabia que todavía lo obsesionaban como espectros del pasado.

Pero Tori quería más de él. Quería recordar una unión tan íntima con él que no supiera dónde empezaba el uno y acababa el otro. Quería recordar cómo era estar perdidamente enamorada de un hombre, algo que no había sabido hasta entonces.

Deslizó la mano por la espalda, por la cadera masculina y después entre ellos, para acariciarlo. Mitch ya estaba excitado, incluso antes del primer contacto de sus dedos. Cuando ella continuó explorando, un suave gemido escapó de los labios masculinos antes de que Mitch la besara con una intensidad propulsada por todas las emociones contenidas y la pasión que constantemente sentía por ella. Mitch le sujetó las muñecas y se las llevó a los labios para besarle las manos, y después le acarició todo el cuerpo. Haciéndola rodar sobre su espalda, fue descendiendo con la boca por su cuerpo, susurrando palabras sensuales sobre la piel cálida, deteniéndose en los senos y después continuando hacia abajo, hasta provocarle el orgasmo más dulce que ella había conocido en sus brazos.

Se movió sobre ella sin un sonido, la penetró con un suspiro, y le hizo el amor con infinito cuidado. Después la pasión se impuso, y cuando acabaron agotados y entrelazados, la piel húmeda por el sudor, los jadeos entrecortados resonando en el silencio de la habitación, Tori se dio cuenta de lo que habían olvidado. Otra vez.

Aunque no estaba en fecha para quedarse embarazada, Tori supo que tenía que ser sincera con él sobre los riesgos que habían corrido, tanto la primera noche como aquella.

Pero entonces él le susurró al oído:

—Nunca tengo bastante de ti.

Y ella no encontró fuerzas para hacerlo. Aún no, aunque tendría que hacerlo antes del final de la noche.

—Nunca he contado a nadie los momentos previos a la muerte de mi madre —dijo al cabo de un rato Mitch, con un suspiro—. Ni siquiera a Buck. Él salió de la habitación porque no podía soportarlo.

Tori sospechó que a él le preocupaba que utilizara esa información en el artículo.

–Te prometo que quedará entre tú y yo –le aseguró.

–Si alguna vez decides buscar a tu padre, tengo algunos contactos que podrán ayudar –ofreció él.

–Te lo agradezco, Mitch –dijo ella–, pero sólo pensaré si lo hago cuando decida tener hijos. Para tener su historial médico, si es posible. Aunque dudo que quiera establecer ningún tipo de relación con él, y eso suponiendo que él quiera establecerla conmigo.

Mitch se incorporó ligeramente y la miró.

–¿Piensas tener hijos?

El tono de incredulidad en la voz de Mitch, unido a la expresión de su cara, fue un auténtico mazazo para Tori.

–En el futuro.

Posiblemente en un futuro cercano, si se quedó embarazada la primera noche que estuvieron juntos. Ahora o nunca.

–Hablando de hijos, tengo que decirte una cosa.

Él se tensó a su lado.

–¿Ya tienes un hijo?

–No. La inyección anticonceptiva que te dije, bueno, fue hace un tiempo. No sé si todavía será efectiva. No creo que haya muchas posibilidades de quedarme embarazada, pero nada es seguro al cien por cien.

Tori cerró los ojos, esperando la airada reacción de Mitch, esperando verlo levantarse de la cama y salir de la habitación dando un portazo.

–Los preservativos tampoco son seguros al cien por cien –dijo él, sorprendiéndola–. Esperemos que no haya consecuencias. Y si las hay, lo solucionaremos cuando llegue el momento.

Tori no quiso preguntarle a qué clase de solución se refería. Sólo sabía que si estaba embarazada, amaría y cuidaría del bebé igual que su madre había hecho con ella, y le hablaría de su padre. Pero, ¿se lo diría a Mitch para sufrir su rechazo, lo mismo que ocurrió con su madre?

Mitch le alzó la barbilla y la besó suavemente en los labios, apartando todas las preocupaciones de su mente.

–¿Tienes sueño?
–No mucho.
–Yo tampoco. ¿Alguna sugerencia sobre cómo pasar el rato? –dijo él, atrayéndola sobre su cuerpo, mostrándole lo preparado que estaba de nuevo para ella.
–Eres insaciable –dijo Tori.
Él le acarició el pecho.
–Totalmente voraz.
Mitch deslizó una mano por el vientre femenino e inició unas sensuales caricias.
–Caliente.
Tori se echó a reír, pero pronto se vio demasiado atrapada en las caricias para reír. Demasiado abrumada por el hecho de que él despertara en ella un deseo tan desesperado. Demasiado consciente de que mañana llegaría demasiado pronto.

Pero aquella noche era suya, y pensaba disfrutarla al máximo.

Después de la noche anterior, Mitch conocía cada centímetro del cuerpo de Tori, cada curva, cada rincón y cada grieta. Conocía todos los sonidos de placer que ella emitía, cada suspiro y cada gemido. Conocía el contacto de las manos femeninas en él, y pensar en eso volvió a despertar su pasión, a pesar de que no había dormido nada en las últimas veinticuatro horas.

La valoraba como amante y la echaría mucho de menos en aquellas horas antes del alba, pero también echaría de menos su amistad. Y por eso no podía permitirle que se fuera sin acceder a volver a verse.

Salió a la puerta principal, donde Tori estaba de pie junto a la puerta del coche de Stella, y se metió las manos en los bolsillos antes de cometer alguna tontería. Porque ahora necesitaba hacerle saber que lo que sentía por ella no era sólo sexo. Ni mucho menos. Aunque no tenía ni idea de cómo expresarlo.

–¿Necesitas ayuda?

–Ya está todo, gracias –dijo ella con una sonrisa que se desvaneció rápidamente.

Mitch nunca había reparado en los destellos dorados de sus ojos castaños, ni cómo los mechones más claros de la melena avellana parecían lenguas de fuego bajo los rayos de sol. Había muchas cosas de ella en las que no había reparado, y quería más oportunidades para hacerlo.

–¿Seguro que no quieres que te lleve yo al aeropuerto?

–Te necesitan más aquí –dijo ella–. Además, Stella tiene que comprar algunas cosas en Oklahoma.

Mitch apretó las mandíbulas para reprimir las protestas contra su cabezonería.

–Bien, pero antes de que te vayas tenemos que hablar sobre cuándo volveremos a vernos.

Tori se apoyó contra el coche y jugueteó con una piedra con el zapato.

–No creo que sea posible.

–Claro que lo es –protestó él–. Yo puedo ir a verte, o tú puedes venir un par de fines de semana al mes. Si el dinero es un problema, te mandaré el billete.

Los ojos de Tori se clavaron en él.
–No es el dinero, Mitch. Pero hay un problema.
–¿Cuál es?
–Ya he estado antes en una relación a distancia y sé que no funcionan.
–Podemos probar. Quizá para nosotros funcione.
–Sí, probablemente para ti sí, pero no para mí.
–No te entiendo, Tori.
Ella soltó el aire lentamente.
–No quiero ser tu chica de fin de semana, Mitch. No quiero terminar como Mary Alice, pasando los próximos nueve años de mi vida en una relación que nunca va a ir a ningún sitio.

¿Cómo podía explicarle que ella no era como Mary Alice? ¿Cómo podía decirle que para él ella era la mujer que más había significado en sus treinta y tres años de vida?

–¿Qué quieres de mí, Tori?
–Nada, Mitch. No quiero nada de ti. Pero lo querré si seguimos viéndonos, y sé lo mucho que te asusta.

Mitch no podía negarlo. Pero tampoco podía negar que no quería perderla por completo.

–Si te refieres al matrimonio, ya sabes lo que pienso.
–Sí, lo has dejado claro como el agua.
Dándole la espalda, Tori abrió la puerta, pero él la cerró de un golpe seco.
–Tori, te estoy pidiendo que lo pienses. No tienes que responderme ahora.
Tori lo miró y se llevó la mano a la mandíbula.
–Sí, tengo que responderte ahora. Y la respuesta es no. Ya estoy medio enamorada de ti, y no quiero ir sola hasta el final. No quiero que mi vida esté llena de despedidas, así que mejor lo dejamos

como está –Se puso de puntillas y le dio un ligero besó en la mejilla–. Te mandaré una copia del artículo antes de publicarlo.

Todavía tambaleándose emocionalmente por la inesperada declaración de amor, Mitch no supo qué decir. ¿Podía ofrecerle algo más que ratos perdidos de su tiempo? ¿Podía pensar en comprometerse seriamente con ella? En ese momento no estaba muy seguro, por lo que le ofreció lo único que pudo hasta que lo pensara y llegara a una decisión.

–No tienes que mandarme el artículo, Tori. Confío en ti.

Ella lo miró con una gran sonrisa.

–No te defraudaré.

Ya lo había hecho, pero no era culpa de ella. Era de él.

–Tengo una cosa para ti –dijo, sacando un sobre marrón del bolsillo–, pero no lo abras ahora.

–¿Qué es?

–La foto que me hiciste en tu oficina.

Al ver la expresión de miedo en el rostro masculino, se apresuró a asegurarle que la había revelado personalmente y que había destruido el negativo.

Pero había otra cosa que a él le preocupaba terriblemente, y tenía que decírselo.

–Si estás embarazada me lo dirás, ¿verdad?

–Tenemos que irnos o perderás el avión –gritó en ese momento Stella, desde el asiento del conductor.

Tori echó una ojeada al reloj.

–Tiene razón, tenemos que irnos –dijo Tori, sin responder a la pregunta–. Adiós, Mitch. Ha sido fantástico.

Y sin otra palabra se metió en el coche y cerró la puerta.

¿Ha sido fantástico? ¿Cuántas veces había repetido él esa misma frase para despedir a una mujer antes de regresar a su solitaria existencia? Estaba empezando a probar su propia medicina, y no le gustaba nada.

Furioso con ella por despedirse tan fríamente de él, y con él por no ser el hombre que ella necesitaba, Mitch giró sobre sus talones y se volvió hacia la casa, sin querer ver cómo ella se alejaba de su vida.

Pero de repente, el coche de Stella se detuvo.

Cuando la puerta del copiloto se abrió, Mitch pensó que Tori había cambiado de opinión. Pensó que volvía para decirle que no quería que lo suyo terminara. Al menos, que volvía para darle un último beso. Lo que fuera, pero que volvía.

Pero todas sus esperanzas se desvanecieron cuándo Tori salió del coche con la cámara en la mano y le hizo una última foto antes de ofrecerle una radiante sonrisa como último recuerdo.

Mitch permaneció en la misma postura hasta que el coche desapareció de la vista, con un dolor que crecía cada minuto que pasaba. Pero esta vez el dolor era más arriba, en el pecho, en la zona que rodeaba el corazón.

–¿Se lo dirás si estás embarazada?
–Espero no tener que decir nada –respondió Tori, con los ojos clavados en el paisaje que rodeaba la autopista.
–Tiene derecho a saberlo –dijo Stella, bajando el volumen de la música.
–Y yo tengo derecho a vivir mi vida como quiera, así que déjame en paz.

–Vaya, vaya, menudo mal genio –dijo Stella–. Seguro que estás embarazada.

–Lo dices como si te gustara la vida.

Stella se dio unas palmaditas en el vientre hinchado.

–Ya sabes, mal de muchos, consuelo de tontos –dijo, antes de ponerse seria–. Mitch no es como tu padre, Tori. Sé que él querría hacer lo correcto.

–Pero no me quiere.

–¿Se lo has preguntado?

–Le acabo de decir que me estoy enamorando de él.

Stella abrió desmesuradamente los ojos, pero no la miró. Siguió con la mirada clavada en la autopista.

–¿Y qué ha dicho él?

–Nada, y ésa es mi respuesta.

–A lo mejor tiene miedo –dijo Stella–. Bobby casi se traga la lengua antes de decirme «te quiero» la primera vez.

–Pisa el acelerador, Stella, o perderé el avión –le interrumpió Tori, tajante.

Esta vez su amiga sí que la miró.

–Aunque quieras, no podrás escapar de Mitch Warner, ni siquiera cuando estés en Dallas.

–Voy a tener tanto trabajo con el artículo que no tendré tiempo de pensar en él.

Esta vez, antes de que Stella dijera nada, Tori se dio cuenta de la tontería que había dicho.

–Precisamente porque tienes que terminar el artículo sobre él, va a ser muy difícil, Victoria May.

Al margen de lo que había ocurrido entre ellos, Tori juró escribir el mejor artículo de su vida. Gracias a su gran profesionalidad, fue capaz de mostrar un retrato favorable de él, a pesar de que él la había considerado sólo una diversión, a pesar de que era el hombre que amaba y que nunca podría tener. Mitch Warner seguía siendo una buena persona, y nadie lo sabía mejor que Tori Barnett.

Vive en el anonimato en Oklahoma, con su abuelo que lo llama Gus. Sus vecinos lo consideran un consumado líder local, y para cualquiera que lo vea caminando por la calle, es la viva imagen del vaquero moderno. Pero en realidad, es un licenciado de Harvard que pertenece a una importante dinastía política...

Y que iba a ser padre.

Aquella mañana, Tori se había hecho tres pruebas de embarazo para confirmar lo que ya sabía, que estaba embarazada. Al igual que su madre, se dejó engatusar por las palabras y las caricias de un vaquero que sentía auténtica fobia al matrimonio. Otro triste caso de historia repetida.

Tori no tenía idea de cómo decírselo. Aún no había decidido si hacerlo o no, aunque él había indicado su deseo de saberlo para poder «solucionarlo».

La entrada de su jefa con el último borrador del artículo interrumpió sus pensamientos.

–Creo que está perfecto –declaró Renee, con una sonrisa–. Lo tiene todo. Citas perfectas, colorido local, unas fotos preciosas, pero...

Tori detestaba las frases que terminaban con «pero...».

–¿Qué pasa ahora?

–Te falta un aspecto muy importante –comentó su editora–. Un comentario de su padre.

–El artículo es sobre Mitch Warner, no sobre el senador, y yo le prometí no meter a su padre...

—No hagas promesas que no puedes mantener, Tori.

Por la expresión de Renee, Tori supo que no tenía escapatoria.

—¿Cómo voy a conseguir una entrevista si el artículo se imprime dentro de unas horas?

Renee echó el borrador sobre la mesa, delante de Tori.

—Ya me he ocupado de eso. El senador Warner ha accedido a concederte quince minutos. Prepárate, está en el ascensor —le informó su jefa, yendo hacia la puerta y dejándola con la boca abierta.

Minutos después, el senador Edward Warner entraba por la puerta de su despacho. Era un hombre de estado de aspecto impecable y una fugaz imagen del futuro Mitch Warner. El pelo negro tenía canas en las sienes, y los ojos, aunque no tan claros como los de Mitch, eran azul celeste. Era un poco más delgado que su hijo, y unos cinco centímetros más bajo, pero su aplomo y fácil dominio de la situación hizo que el despacho de Tori se encogiera de repente.

Levantándose despacio del sillón, Tori logró mantener la compostura y extender la mano hacia él.

—Senador Warner, soy Tori Barnett. Gracias por venir.

El hombre entró y le estrechó la mano.

—Es un placer conocerla, señorita Barnett. Tengo que tomar un avión dentro de dos horas, así que no tengo mucho tiempo. Por lo que me han informado, desea unas declaraciones para un artículo que va a publicar sobre mi hijo —dijo, sentándose frente a ella.

—Sí, a petición de mi directora.

—¿No ha sido idea suya?

–No. Mitch no... –Tori estudió el pisapapeles que tenía sobre la mesa, detestando lo mal preparada que estaba para la reunión–. Me temo que a su hijo...

–No le interesa mi opinión.

Tori alzó los ojos, y encontró la expresión del senador sombría.

–Así es.

–Entonces debo asumir que usted sabe que nuestra relación no es muy buena.

–Eso es vox populi desde hace algún tiempo, pero Mitch lo mencionó un par de veces –dijo Tori.

–Me sorprende, teniendo en cuenta que mi hijo es un hombre muy privado y siente un profundo desprecio por los medios de comunicación –explicó el senador–. Hasta hace unos años, ha estado siempre en el centro de atención, e incluso tuvo que llorar la muerte de su madre delante de todas las televisiones. Todo por culpa de mi posición.

El desdén en el tono de voz resultaba inquietante.

–Senador Warner, no tiene que decir nada si no quiere.

El senador se alisó las solapas del traje de seda azul marino.

–Si mis palabras pudieran mejorar mi relación con mi hijo, lo haría. Pero me temo que es demasiado tarde.

–Nunca es demasiado tarde. Sólo sé que, lo reconozca o no, Mitch le necesita en su vida.

Dos minutos en su presencia y ya le había contado demasiado.

–Habla como si tuviera un interés personal en el bienestar de Mitch.

Tenía que haberse mordido la lengua, pensó Tori. ¿Cómo iba a salir de ésa? Pero decidió que la sinceridad era la mejor estrategia.

–Pasé mucho tiempo con él durante el proceso de la entrevista. Lo considero un amigo. Es una buena persona que sufre mucho. Y no me gusta ver sufrir a nadie.

–¿Y está sugiriendo que mis palabras pueden aliviar parte de su resentimiento hacia mí?

–Merece la pena intentarlo.

–Admiro su optimismo, señorita Barnett, aunque no lo comparto –El senador cruzó las piernas y se ajustó la corbata roja– ¿Puedo confiar en usted para que esto quede entre nosotros? –preguntó.

Tori apagó la grabadora y cruzó los brazos.

–Por supuesto. Pero ya le he dicho que no tiene obligación de decir nada.

–En otra situación no lo haría, pero he hablado con el abuelo de Mitch y él piensa que su interés por Mitch no es pasajero. Buck la tiene en muy alta estima.

Tori lo miró sorprendida.

–¿Ha hablado con Buck?

–Sí. Es mucho más comprensible que Mitch.

–¿Qué le ha dicho?

–Buck asegura que usted es la mujer que puede cambiar la vida de mi hijo. En principio lo consideré simples divagaciones de viejo, pero ahora que he hablado con usted, pienso que quizá esté en lo cierto.

Cielos, debía llevar sus sentimientos por Mitch escritos en la cara.

–Sólo somos amigos. Creo que a Buck le gustaría que fuera algo más, pero no es probable –dijo Tori, recordando la conversación que tuvo con el abuelo de Mitch unos días atrás.

El senador la miró con escepticismo.

–A Mitch le vendrá bien una amiga, alguien que entienda la profundidad de sus heridas.

Tori las entendía perfectamente, y también se daba cuenta de que todas las historias tenían varias versiones. Había escuchado la de Mitch, y ahora tenía la oportunidad de escuchar la de su padre.

–Está bien. Si cree que puede ayudar, estoy dispuesta a escuchar.

El senador se movió en la silla, inquieto por primera vez desde que entró en su despacho.

–Supongo que Mitch le contó que no me ha perdonado por casarme meses después de la muerte de su madre.

–Sí –reconoció ella–. Lo considera una traición a su memoria.

–Es difícil explicar por qué ocurren las cosas –continuó él–. Carolina estuvo a mi lado en un momento muy duro de mi vida. No sólo había perdido a mi esposa, sino también a mi hijo.

–Y el dolor les unió –dijo ella.

Muy similar al dolor por la pérdida de sus respectivas madres.

–Ella me ayudó a superarlo y juntos hemos creado una relación sólida y llena de amor. Desafortunadamente, no incluye a Mitch, por su propia elección.

–Si los rumores de que se retira de la política son ciertos, ahora tendrá tiempo para mejorar su relación.

–Son ciertos, pero... –se interrumpió, mirándola fijamente a los ojos–. Una vez más, espero que esto quede entre nosotros, porque puede ser otra razón que se interponga definitivamente entre Mitch y yo.

Tori no se podía imaginar lo que iba a decir, y tampoco sabía si quería oírlo, pero si estaba relacionado con Mitch, necesitaba saberlo.

–Adelante.

–Dejo el senado porque mi esposa está embarazada.

Estupendo. Mitch iba a tener un hermano y un hijo al mismo tiempo. Menuda bomba para la prensa sensacionalista.

–Enhorabuena. ¿Para cuándo?

–Mi hija nacerá dentro de cinco meses –respondió el senador, con una sonrisa cargada de orgullo paterno, aunque rápidamente se esfumó para dar paso a una mirada de preocupación –. Caroline tiene más de cuarenta años, por lo que es un embarazo de alto riesgo. De momento todo va bien, y espero que así continúe.

Tori vio la preocupación en sus ojos, quizá incluso miedo. Lo que era comprensible. Ya había perdido una esposa y no quería perder otra.

–Estoy segura de que todo irá bien.

–No sé si debo decírselo, ni cuándo.

Irónicamente, Tori estaba en la misma encrucijada.

–Es mejor que se entere por usted que por los medios de comunicación –dijo ella, un consejo que ella misma debía seguir–. Cuando la prensa se entere, lo sabrá todo el país.

–Lo sé. Tengo que tomar pronto una decisión.

–Entretanto, si quiere decir algo favorable sobre Mitch –sugirió ella–, podría abrir las líneas de comunicación entre los dos.

Se hizo un largo silencio, tras el que el senador señaló la grabadora.

–Póngala en marcha –dijo, acomodándose en el sillón–. Mitch es un gran hombre y respeto su decisión de no continuar la tradición política familiar. Estoy muy orgulloso de lo que ha conseguido, y sé que su madre también lo estaría —titubeó un momento, antes de continuar—. Lo quiero tanto como cualquier hombre puede querer a su hijo. Eso lo puede citar textualmente —concluyó, poniéndose en pie.

Tori tragó el nudo que tenía en la garganta e hizo un esfuerzo para contener las lágrimas.

—¿No preferiría decírselo personalmente?

El senador dejó escapar un suspiro de resignación.

—He renunciado a tratar de convencerlo de que siempre he deseado lo mejor para él. Si cuando salga el artículo sigue sin querer hablar conmigo, puede decírselo usted por mí. Todo. Cuide de él.

Con eso salió y dejó a Tori sola, perpleja ante las últimas palabras del senador.

Al menos tenía una cita que sin duda lograría apaciguar a Renee. Unas palabras sentidas y sinceras de un padre que estaba sufriendo tanto como su hijo. Pero ¿agradecería Mitch las palabras de su padre u odiaría a Tori por incluirlas en el reportaje sin su consentimiento? Tori no tenía elección. Aunque posiblemente el artículo le reportaría un ascenso y un aumento de sueldo, algo que necesitaría si tenía que criar a un hijo sola y terminar de pagar sus deudas médicas, en el fondo Tori mantenía la esperanza de que fuera un catalizador para el reencuentro de Mitch con su padre. Una oportunidad para los dos.

Había otras dos decisiones que debía tomar, una decirle a Mitch lo de su embarazo, y otra abrir el sobre descolorido que le entregó su madre al cumplir los dieciséis años y que tenía sobre su mesa. De momento decidió ocuparse de la segunda.

Respirando hondo, abrió el sobre con dedos temblorosos y desplegó la única página que había en su interior. Una vieja y descolorida foto cayó sobre su mesa, una instantánea de su madre mucho más joven junto a un vaquero sonriente. Presumiblemente su padre.

Sujetó la carta con una mano mientras se cubría la boca con la otra y leía con ojos cubiertos de lágrimas la información que había evitado casi toda su vida.

Se llamaba Rick Ballard, tenía cabellos castaños, ojos oscuros y sonrisa de pirata, y era un seductor de primer orden. Originario de Wyoming, había pasado su vida de rodeo en rodeo por todo el país. Un fin de semana de octubre había ido a Quail Run a participar en el rodeo anual. Su madre, entonces una joven de diecisiete años, cayó primero en sus brazos y después en su cama, la última noche juntos, la noche que Tori fue concebida.

Pero Rick Ballard murió dos semanas antes del tercer cumpleaños de Tori, en un trágico accidente de rodeo, sin saber nada de la existencia de Victoria May Barnett, porque tampoco había sabido nada del embarazo. Y su madre había mentido a su hija durante tantos años asegurándole que su padre nunca quiso saber nada de ella.

La carta terminaba con una súplica de perdón: *Lo siento muchísimo, cielo.*

Atrapada en un torbellino de emociones, Tori se secó furiosa las lágrimas que rodaban por sus mejillas. Sintió dolor por la pérdida de su padre y rabia por la mentira de su madre. Y confusión. ¿Por qué no le había contado nunca la verdad? Quizá porque Cynthia Barnett estaba tan avergonzada que necesitó culpar a su amante. Quizá porque supo de manera instintiva que el hombre a quién amaba no estaba interesado en el matrimonio y ella no podría cambiarlo.

Como la letra no ofrecía más explicaciones, Tori nunca conocería las razones, pero sí sabía dos cosas. Una, que perdonaría a su madre y no le guardaría rencor, de lo contrario terminaría como un hombre que conocía; y otra, que tenía que decirle a Mitch lo del niño. No permitiría que su hijo sufriera el mismo destino de no haber conocido a su padre, al margen de lo que Mitch decidiera hacer con la información.

El artículo se publicaría el lunes siguiente. Durante los cinco días laborales que quedaban, Tori continuaría con su trabajo, pero el fin de semana haría lo que tenía que hacer. El sábado por la tarde volvería a Oklahoma para enfrentarse a su pasado, y a su futuro.

Capítulo Diez

Lo quiero tanto como cualquier hombre puede querer a su hijo.

Por tercera vez en la última media hora Mitch leyó las palabras de su padre con incredulidad. Había recibido un ejemplar de cortesía por mensajero, que probablemente le había enviado Tori. Sin embargo, no llevaba ninguna nota ni explicación. De hecho, Mitch no había vuelto a saber nada de ella desde su partida.

–Una chica lista, esta Tori –dijo Buck desde su sillón mientras navegaba por Internet–. Te ha hecho quedar como un santo.

Mitch no tenía nada en contra del contenido del artículo, hasta que llegó a la cita de su padre casi al final.

–No tenía que haberle pedido su opinión. Además, seguro que es otra treta para ganar votos –dijo furioso, tirando la revista al suelo.

Buck giró el sillón hacia su nieto y lo miró enfadado.

–Nunca te ha necesitado para eso, y ahora se retira. No se presenta a las próximas elecciones.

–Aún no lo han confirmado. Lo creeré cuando lo vea.

–Créelo. Me lo dijo.

Mitch se incorporó en la silla, tenso de sorpresa y rabia.

–¿Cuándo has hablado con él?

-El domingo pasado –respondió Buck, encogiéndose de hombros–, como todos los domingos de los últimos quince años. Me llama para que le tenga al día sobre ti, ya que tú no quieres darle ni los buenos días.

-¿Cómo has podido hacerlo sin decírmelo? –preguntó Mitch, más furioso todavía.

-Yo puedo decir lo que quiera a quien quiera. No he vivido casi ochenta años para que un mocoso de nieto me diga lo que puedo hacer –exclamó Buck. Y levantándose de la silla, se plantó ante Mitch–. Escúchame, jovencito. Quizá no respetes a tu padre, pero me respetarás a mí. Has sido un cabezota durante mucho tiempo. Si yo puedo perdonarlo, tú también. Era mi hija, por el amor de Dios.

-¡Y mi madre! –exclamó Mitch, dolido por la traición de su abuelo–. Dame una buena razón para perdonarlo por no estar en su lecho de muerte y casarse con otra mujer cuando ella aún estaba caliente en la tumba.

Buck agarró la revista del suelo y señaló la página con el dedo.

-La razón está aquí, más clara que el agua. Te quiere.

Mitch no necesitaba aquello. No quería enfrentarse a eso. Llevaba dos semanas que no había hecho más que pensar en Tori, y ahora ella lo había traicionado al hablar con su padre.

-Tu padre nunca ha dejado de quererte, ni siquiera cuando le diste la espalda –insistió Buck, arrancándose el viejo sombrero de paja de la cabeza y aplastándolo con gesto furioso–. Igual que has hecho con Tori.

-Esto no tiene nada que ver con ella.

-Tiene mucho que ver con ella. Estás cometiendo los mismos errores. Igual que con tu padre, eres incapaz de reconocer que la quieres.

Mitch sintió que le ardían las entrañas, y cerró los ojos. Las sienes le estallaban mientras la verdad de las palabras de su abuelo buscaban un lugar donde esconderse.

–Estás loco.

–Yo estaré loco, pero tú eres un cobarde. Tienes miedo de tus sentimientos, maldita sea –continuó Buck–. Reconócelo. La quieres. Si no, no llevarías dos semanas deprimido y echándote a la yugular de cualquiera que se te acerca a menos de diez metros. La echas tanto de menos que no puedes pensar con claridad.

–Déjalo ya, Buck.

–No hasta que lo digas en voz alta.

Esta vez Mitch se levantó del sofá de un salto, visiblemente irritado.

–He dicho que lo dejes.

–Pienso quedarme aquí de pie hasta que lo digas, o hasta que me caiga muerto, lo primero que llegue. Sabes que lo haré.

–Está bien, la quiero –le espetó Mitch por fin–. ¿Estás contento?

–No hasta que se lo digas a ella –dijo Buck, con una victoriosa sonrisa en los labios.

Mitch paseó por la habitación nervioso. No le gustaba nada haber reconocido sus sentimientos en voz alta.

–No sé nada de ella desde que se fue hace dos semanas. El día que se fue le dije que quería volver a verla, pero ella lo rechazó.

–Quizá porque no le ofreciste más que un revolcón de vez en cuando. Eso no gusta mucho a las mujeres.

Mitch se detuvo junto a la estantería y miró a su abuelo.

–¿Y qué quieres que le ofrezca?

–Matrimonio.

–Estás loco. Si no nos conocemos.

Aunque tenía la sensación de que la conocía de siempre. Desde luego Tori lo conocía mejor que ninguna otra mujer, que ninguna otra persona.

–Eso no es importante, Gus. Yo conocí a tu abuela un fin de semana y nos casamos al siguiente, antes de alistarme en el ejército. Tu madre fue a estudiar a Austin, y el segundo año conoció a tu padre. Se casaron dos meses después, y diez meses más tarde naciste tú.

–Yo prefiero esperar antes de decidir algo que afectará el resto de mi vida.

–Ya has esperado bastante, Gus. Sé un hombre, comprométete con algo más que este rancho que no te tendrá caliente en invierno. Y ten hijos. Me gustaría tener bisnietos antes de ser demasiado viejo para poder llevarlos a pescar al arroyo.

Mitch alzó las manos, con las palmas hacia delante.

–Eh, estás yendo muy deprisa. Ni siquiera sé si Tori quiere seguir dirigiéndome la palabra.

–Querrá, si tus palabras son las acertadas –le aseguró su abuelo–. Por cierto, Eula y yo nos casamos dentro de un par de semanas, y me iré a vivir con ella. Así Tori y tú tendréis esta casa para vosotros solos.

Aquella noticia era totalmente inesperada.

–¿Lo dices en serio?

–Ya lo creo que sí. Eula es una mujer con principios y no se acostará con un hombre que no sea su marido.

–¿Te casas con ella para llevártela a la cama?

Buck soltó una risita.

—Me caso con ella porque la quiero. A mi edad, el sexo no es más que la guinda del pastel.

Mitch trató de hacer un esfuerzo por mantenerse serio, pero no pudo evitar soltar una carcajada.

—Enhorabuena, abuelo. Espero que sepas lo que estás haciendo.

—Lo sé, perfectamente. Y espero poder felicitarte a ti muy pronto. Incluso podríamos celebrar una boda doble.

—No, gracias —dijo Mitch, pensando que su abuelo estaba más que senil—. Si decido casarme, tendré mi propia boda.

Mitch no pudo creer que las palabras salieran de su boca con tanta naturalidad. Ni que estuviera considerando la idea de pedirle a Tori en matrimonio. Pero primero tendría que convencerla de que la necesitaba en su vida. Y tenía que hacerlo cuanto antes.

Se dirigió hacia la puerta sin despedirse de su abuelo.

—¿Dónde vas con tanta prisa?

Mitch se detuvo en la puerta abierta y lo miró.

—A hacer la maleta para ir a Dallas.

—Allí no la encontrarás, Mitch —dijo la voz de Bob desde el pasillo.

Mitch se volvió y encontró a su capataz de pie en medio del pasillo, con la gorra en la mano.

—¿Cómo lo sabes?

—Llamó ayer a Stella y le dijo que venía hoy en coche, y que llegaría sobre las ocho. Hemos quedado con ella en Sadler´s.

—¿Dijo por qué venía? —preguntó Mitch, esperanzado.

—Ya conoces a las mujeres, jefe. Stella sólo me

ha dicho lo que cree que debo saber, pero tengo la sospecha de que quería que te lo dijera a ti para que vayas a Sadler´s.

–Puede que lo haga.

Iría con toda certeza. Estaría allí, y nada se lo impediría. Dentro de ocho horas, volvería a verla, esta vez en persona y no sólo en sueños.

–No viene.

–Claro que sí, cielo –dijo Stella, dándole una palmadita en la mano, en la misma mesa que se habían sentado la noche que conoció a Mitch–. ¿Quieres que Bobby lo llame?

Frustrada, Tori dio una palmada en la mesa que casi tumbó la botella de cerveza de Bobby. La pareja dio un respingo.

–Tenía que haber ido al rancho y arriesgarme, en vez de venir aquí a jugar al gato y al ratón.

–¿Y por qué no lo has hecho?

Buena pregunta, pensó Tori.

–Pensé que éste sería un lugar más neutral. Tenía miedo de su reacción por poner la cita de su padre en el artículo.

Stella la miró horrorizada.

–Mitch nunca pegaría a una mujer, Tori.

Tori lo sabía, pero también sabía que Mitch podía ser muy rencoroso, uno de los pocos defectos que había visto en él.

De momento, nada estaba saliendo como había planeado. Y la situación empeoró aún más cuando Carl, el discjockey, dio unos golpecitos al micrófono para llamar la atención de los presentes.

–Escuchadme, amigos. Hoy tengo el placer de ofreceros la oportunidad de disfrutar una vez más de la maravillosa voz de Tori Barnett interpretando una vieja canción de Patsy Cline. ¡Vamos, Tori, sube al escenario y canta!

Tori sintió ganas de matar a Stella. La misma encerrona que la vez anterior. Los mismos aplausos y gritos del público, instándola a subir al escenario. Una vez más, Tori se vio obligada a levantarse y ponerse detrás del micrófono. De haber conocido la intención de Stella, habría pedido otra canción, pero ya era tarde. La música había empezado a sonar.

Tenía que reconocer que la canción era muy apropiada. Cuando le dijera a Mitch lo del bebé, si tenía la oportunidad de decírselo, es posible que no le quedaran de él nada más que sueños, y la necesidad de iniciar una nueva vida sin su apoyo ni su amor. Al menos tendría un recuerdo muy especial en su hijo, que con suerte heredaría lo mejor de cada uno.

Tori interpretó la canción como si tuviera toda la fuerza del mundo. La cantó como si su vida dependiera de ello. Y lloró a pesar de sus esfuerzos por no hacerlo.

Cerró los ojos, controlando la voz mientras las lágrimas rodaban por sus mejillas y caían hasta el suéter rojo que vistió la noche que conoció a su vaquero. No se molestó en secárselas, ni le importó que la gente se diera cuenta.

Aunque era la canción favorita de su madre, en aquel momento Tori la cantó para Mitch Warner, estuviera dónde estuviera.

De pie, al fondo del local abarrotado, Mitch vio a Tori sobre el escenario ofreciendo otra sentida actuación. Llevaba la misma ropa y cantó la misma canción que la primera noche que la vio, pero esta vez, las emociones que removió en él, no tenía nada que ver con la lujuria y la pasión, sino con el amor que sentía por ella.

Algunos conocidos lo saludaron, pero él se limitó a responder con un movimiento de cabeza. Se acercó al escenario, y entonces vio la humedad que cubría las mejillas femeninas. Aunque la voz seguía clara y controlada, Mitch pensó que tal vez no fueran sólo los recuerdos de su madre los causantes de su dolor. Quiso acercarse a ella y abrazarla, protegerla, pero no se sentía con derecho a interrumpir el momento. Ni siquiera estaba seguro de que ella quisiera su intrusión.

Pero cuando la voz femenina se entrecortó y dejó de cantar poco antes del final de la canción, él se abrió paso entre el público, subió al escenario y la tomó de la mano.

Tori abrió los ojos y lo miró, como si no creyera que fuera real. Como siguió sin moverse, Mitch la sujetó por la cintura, y la bajó de la plataforma.

Continuaron abrazados y bailaron como la primera noche, muy pegados, pero esta vez unidos por una relación que iba más allá del deseo.

Cuando empezó la versión original de la canción, varias parejas salieron a la pista de baile.

–Vámonos –le dijo Mitch al oído.

Ella asintió, y se dejó llevar hacia la salida. Pasaron un momento junto a Bob y Stella, y ésta sujetó un segundo la mano de su amiga, le guiñó un ojo y después la soltó.

Afuera, Mitch llevó a Tori a su pick-up, abrió la puerta y la ayudó a subir, sin poder creer que ella no hubiera preguntado a dónde la llevaba. Sentándose tras el volante, salió disparado hacia el rancho.

Rodeó a Tori con un brazo y la apretó contra el

costado, conduciendo en silencio. Ya hablarían cuándo llegaran a su destino.

En el rancho, dejaron a un lado la casa y tomaron el sendero que conducía hacia el arroyo. Sobre los prados brillaba la luna llena que los guió hasta el lugar que había sido el refugio de Mitch en más de una ocasión, especialmente el día de la muerte de su madre.

Al llegar, detuvo el vehículo y lo rodeó para abrir la puerta de Tori y conducirla a la parte posterior, donde la sentó mientras él quedó de pie frente a ella, sujetándole las dos manos. Allí miró su cara, una cara que quería ver cada día del resto de su vida. Nunca había querido nada con tanta desesperación. Ni su licenciatura, ni su negocio, ni siquiera su libertad.

Pero primero tenía que saber por qué estaba tan triste, y esperaba que no tuviera que ver con él.

–¿Qué ocurre, Tori?

–Han sido dos semanas muy duras –dijo ella, con la voz entrecortada pero sin mirarlo.

–Lo sé. Te he echado de menos.

Más que a nadie desde la muerte de su madre.

–Yo también te he echado de menos –dijo ella, con la cabeza baja.

–Tori, mírame, cuando supe que venías...

–¿Te lo dijo Bobby?

–Sí. ¿No lo sabías?

–No, le dije que no te dijera nada. Tenía miedo de que no vinieras por haber citado a tu padre en el artículo.

–No te mentiré, Tori –admitió él–. Al principio me enfadé mucho, porque no entendí por qué lo hiciste.

Ella le miró a los ojos.

–Lo hice por ti.

Mitch le retiró un mechón de pelo de la mejilla.

–Lo sé. Y te lo agradezco.

–Creo que deberías intentar arreglarlo con tu padre –dijo ella–. Es importante, y más ahora que sé que mi padre nunca supo de mi existencia. Y nunca sabrá de mí porque murió cuando yo tenía tres años.

Mitch sintió su dolor como si fuera propio.

–Has leído la carta.

–Sí. Y por eso creo que es importante que recuperes la relación con tu padre.

–Sí, eso ya lo sé, pero antes quiero decirte algunas cosas.

Mitch le apretó las manos, como para darse fuerza.

–Desde que dejé en la universidad, he planificado mi vida al milímetro, pero últimamente me he dado cuenta de que algunas cosas no se pueden calcular. Y yo no planifiqué conocerte a ti. Nunca pensé pasar dos semanas con este dolor que no entendía, y hasta hoy no he sabido qué quería de ti.

–¿Qué quieres de mí, Mitch?

–Quiero estar contigo, y no sólo esta noche –dijo él, apoyando la frente en la de Tori–. Te quiero, Tori. Dios sabe que no quería quererte, pero te quiero y no quiero perderte.

Las lágrimas se agolparon en los ojos femeninos, pero ella las contuvo.

–Pero tú vives aquí, y yo en Dallas.

–Cásate conmigo y viviremos donde tú quieras.

Ya estaba, ya se lo había dicho, y no había sido tan difícil. En absoluto. Había sido un alivio.

Tori apartó las manos y lo miró asustada.

–¿Qué has dicho?

–Cásate conmigo, Tori. Sé mi esposa. Será un honor ser tu marido.

–¿Te das cuenta de que suena a locura, Mitch? ¿Qué va a decir la gente? Casi no nos conocemos.

–Me importa un bledo lo que diga la gente –le aseguró él–. Sólo me importa lo que digas tú.

Tori empezó a rizar un mechón de pelo con el dedo.

–Primero tengo que decirte una cosa.

–Nada de lo que digas puede hacerme cambiar de opinión –dijo él, que por un momento temió quedar inmovilizado por el miedo–. A no ser que no me quieras.

–Claro que te quiero, ése no es el problema –dijo ella, mirándose las manos–. Estoy embarazada.

Mitch esperó el impulso de salir corriendo, el sudor frío, el ataque de pánico. Pero nada de eso llegó. De hecho lo que sintió en aquel momento fue orgullo y una inmensa alegría.

–¿Cuándo lo has sabido?

–A principios de semana. De hecho, el día que hablé con tu padre. Por eso he venido, para decírtelo.

–¿Se lo dijiste a él? –preguntó Mitch, con la misma desconfianza que le caracterizaba.

Tori frunció el ceño.

–Claro que no. No se lo diría a nadie sin decírtelo a ti antes. Ni siquiera Stella lo sabe. Cree que sólo he venido para verte.

Mitch se frotó el mentón y sonrió.

–Que me aspen.

–¿Que te aspen? ¿Es lo único que se te ocurre?

–¿Sabes una cosa, cielo? Creo que inconscientemente quería dejarte embarazada. Aquella noche hubiera podido sacar un preservativo del bolsillo.

—¿Llevabas protección? —preguntó ella, sorprendida.

—Sí, pero también tenía una mujer en mis brazos que me hizo perder la cabeza de tanto como la deseaba —le acarició los labios con los suyos—. Y la sigo deseando.

Tori se secó las lágrimas.

—Me alegro. Temí que salieras corriendo a encerrarte en casa.

Abrumado por una felicidad que nunca había sentido, Mitch la alzó en brazos y la depositó en el suelo, abrazándola con fuerza.

—¿Te casarás conmigo?

—Sí, claro que sí.

—No quiero esperar mucho, pero supongo que tendremos que decidir dónde vamos a vivir.

—No veo por qué no podemos vivir aquí.

Las palabras de Tori lo pillaron totalmente desprevenido.

—¿Y tu trabajo?

—Aunque el artículo no sale hasta el lunes, ya se ha corrido la voz y he empezado a recibir ofertas. Podré trabajar desde casa, aunque debes entender que tendré que viajar de vez en cuando.

—Siempre y cuando me permitas acompañarte. Porque, de ahora en adelante, no quiero estar sin ti.

Tori le besó suavemente los labios.

—Yo tampoco quiero estar sin ti. Además, me alegro de haber vuelto. No me había dado cuenta de lo mucho que echaba de menos la vida en una ciudad pequeña.

Mitch bajó la mano hasta el vientre femenino, el lugar donde estaba el hijo que nunca creyó tener.

—Por un nuevo principio.

Tori le tomó la mano y le besó la palma.

–Y por los buenos recuerdos –dijo ella–. ¿Quieres hacer unos pocos más? –añadió, sentándose en la parte posterior del pick-up.

Se quitó la cazadora con gesto insinuante, y sin dudarlo Mitch saltó tras ella para una repetición de la primera noche juntos.

–¿Sabes lo que quiero? –dijo ella, tendiéndose a su lado.

–Sí, cielo, lo sé muy bien –dijo él, deslizando una mano bajo el suéter.

–Aparte de eso –dijo ella, retirándole la mano y sujetándola sobre su corazón–. Quiero una boda por todo lo alto. Como la de Stella.

Epílogo

Dos veces o tres te he amado,
antes de conocer tu rostro o tu nombre.
Bien en una voz, o en una llama informe.
A menudo nos afectan los ángeles,
 y nosotros los amamos...

El día de su boda, Mitch Warner sorprendió a toda la congregación recitando esos versos, aunque la más sorprendida y emocionada fue Tori Barnett-Warner.

La ceremonia tuvo lugar un día de noviembre en la pequeña iglesia rural a la que Tori había asistido con su madre en su juventud. Las «Cuatro Terribles» volvieron a reunirse, y esta vez fueron Stella, Janie y Brianne las damas de honor, mientras que el padre de Mitch asumía el papel de padrino y Buck, con su mejor traje del domingo, llevó a la novia al altar.

La recepción tuvo lugar en Sadler´s, lo que se estaba convirtiendo en una tradición, y Tori tuvo que cantar a petición de los invitados.

Aunque fue una gran celebración, no se podía comparar con la luna de miel.

Los novios llevaban dos días secuestrados en una enorme cabaña situada en un pequeño país llamado Doriana, como invitados de su rey, Marcel DeLoira, uno de los amigos de Harvard de Mitch.

Envuelta en una suave manta roja, Tori contemplaba desde la ventana los copos de nieve que caían sobre el bosque que rodeaba la cabaña, en el espectacular paisaje montañoso de los Pirineos, aunque su paisaje favorito dormitaba en la cama detrás de ella, desnudo como el día que nació y majestuoso como una montaña.

Un brazo le rodeó la cintura y la pegó al pecho musculoso que ella tan bien conocía.

–¿Qué haces levantada? –preguntó Mitch, con voz enronquecida, a la vez que le quitaba la manta, dejándola desnuda otra vez.

Tori frunció el ceño.

–Hace frío, Mitch. Se está apagando el fuego.

Mitch deslizó la mano por el vientre femenino y la posó entre los muslos.

–No lo creo.

Era un hombre insaciable. Lo que no era precisamente motivo de protesta.

–Creo que deberíamos vestirnos –se vio obligada a recordarle–, para la fiesta que Marc y Kate han preparado en nuestro honor. Van a enviar un coche a buscarnos dentro de una hora, y no creo que causemos muy buena impresión si nos presentamos desnudos.

–No, y además tengo que demostrar a Marc que he cumplido la apuesta –dijo Mitch, riendo.

–¿Qué apuesta? –preguntó Tori, sin saber de qué estaba hablando.

–La de deshacerme de Ray.

Tori lo miró extrañada. Mitch amaba a su caballo Ray más que a sí mismo, y no lo creía capaz de prescindir de él cuando aún le quedaban muchos años de vida.

–Marc, Dharr Halim y yo hicimos una apuesta hace casi diez años: que cuando nos reuniéramos diez años después, los tres seguiríamos solteros.

Marc la perdió hace tiempo, y ahora yo. Dharr es el único que falta, pero como jeque destinado a suceder a su padre tendrá que casarse tarde o temprano. Con un poco de suerte será antes de mayo.

–¿Y has tenido que renunciar a tu caballo?

–Sí, lo más importante para mí –dijo él–, hasta que te conocí aquí.

Las lágrimas nublaron los ojos de Tori, pero esta vez de alegría.

–Entonces, sí que me amas –dijo ella, entre risas–, si me quieres más que a tu caballo. Eso significa un montón en boca de un vaquero. Un vaquero de Harvard, y muy sexy –dijo, plantándole un beso en el torso y empezando a descender lentamente.

–Escucha, si sigues por ese camino, no iremos a ninguna parte.

Tori alzó la cabeza del vientre masculino y sonrió.

–Lo sé.

–Tú eres la que me has recordado que nos vendrán a buscar enseguida.

–Tienes razón –dijo ella, deslizándose hacia arriba y besándolo apasionadamente en la boca–. Pero de repente me siento muy necesitada, así que llegaremos tarde, para que no se diga. Ahora, demuéstrame exactamente cuánto me quieres.

Mitch le enmarcó la cara con las manos.

–Primero te diré que te quiero más que a mi caballo. Te quiero por darme a nuestro hijo. Te quiero más que nada en la vida. Hoy, mañana, siempre, mientras quieras seguir soportándome. Y aunque no es exactamente poesía, es la verdad.

–En eso te equivocas, Mitch. A mí me ha sonado exactamente a poema –le aseguró ella–. Y ahora voy a demostrarte lo mucho que te quiero.

Tori le hizo el amor sin ningún tipo de inhibición, pero Mitch no protestó.

En las últimas semanas, Mitchell Edward Warner III había aprendido a amar, a perdonar y a aceptar las pequeñas sorpresas de la vida. Ahora su intención era demostrar que podía ser un marido entregado, un hijo perfecto y un padre maravilloso con su propio hijo. Y a finales del año siguiente, esperaba ser un experto en las tres cosas.